ガチの親子ゲンカやさかい

水無月はたち

目次

第1章「パパ活と進学」

「あほう、そないなゼニ出せるか！」

相馬勇作《そうまゆうさく》は手元のばっちい布巾《ふきん》を娘に向かって投げつけた。布巾は娘のブレザーの校章にあたり、ひび割れたコンクリート床に落ちた。

相馬夢子《そうまゆめこ》は落ちた布巾をつまんで、ぎこちない投法で父に投げ返したが、逸れて後ろの換気扇の油をわずかに吸った。

「だから、後で返すゆうてるやろ！」

無心してるくせに、娘に気おくれはない。

父は苛立ちまぎれに言った。

「いまおまえがゆうたんはな、中華そば1000杯分じゃ。どこにあんねんそないなゼニ！」

夢子も負けてない。

「大学入ったら奨学金借りるさかい、ちょっとの間だけ貸してくれゆうとんねや」

「わからんやっちゃな。せやから、いまそないなまとまったゼニがうちにはないゆうてんねん。ええか、うちはな、よおて日に20杯売ってのその日暮らしじゃ。蓄えなんぞ一銭もあるかい」

夢子は言った。

「ほなら聞くけど、うちが自分で拵《こさ》えて行くんは、ええよな?」

勇作は眉をひそめて言った。

「ゼニ貯めて来年行くっちゅうことかいな?」

「推薦やで、待ってくれるかいな」

「ケチくさいのお、大学ってとこは」

「はん! 食材業者と一緒にすな!」

夢子の表情に嘲笑が混じっていた。

「ほなら、どないしてゼニ作るんじゃ」

「稼ぐしかないやろ、2ヶ月で70万」

今度は勇作の表情に無理っぽい嘲笑が浮かんでいた。

「あるかい、そんな仕事。あったら俺がやってるわ」

「おとんは無理や。けどあんねや、うちには」

たまらず勇作は声を荒げた。

「あかん、あかん。おまえなにゆうてんねん!」

夢子は嘲笑を苦笑に変えざるを得なかった。

「まだなんもゆうてへんわ」

勇作には娘の嘲笑も苦笑も届いていない。

「死んだお母ちゃんに申し訳が立たん」

思ってもみない情緒的言葉に、夢子は苦笑に溜息さえ加えなければならなかった。

「あんなあ、いまどきパパ活なんか、みんなやっとるわ」

勇作はいきなり娘の頬桁《ほおげた》を張った。

「あほか！」

言葉が遅れて出た。微かに勇作の頬も震えている。

「なんでどつかれなあかんねん！」

夢子は客席を蹴飛ばした。割り箸が散乱する。

「商売品になにしてけつかんねん」

「売れもせえへん店に、こないなもんいるか！」

「なんやと、もいっぺんゆうてみ」

「何度でもゆうたるわ。不味《まず》い中華そば作っとるおとんより、うちのほうが稼げるんじゃ。おまえなんぞあてにするか、ぼけ」

「親におまえゆうたな、ぼけゆうたな。しばくぞ！」

「上等じゃ、しばきかえしたる！」

夢子は父に殴りかかった。勇作は身をかわし、娘を背後から羽交い絞めにした。

身動きできない娘は、父の腕にガブリ噛みついた。

「痛ってぇっ！」

堪りかねて父が娘を突き放す。

隙ができた父に娘は蹴りを繰り出す。その蹴りが父の股間にクリティカルヒットした。

息を詰まらせ身をかがめる父、勇作。

「な、なめたマネしくさりよって！」

夢子はしたり顔で父に吐き捨てた。

「どや、まいったか！　まいったならまいったといえ！」

「まいるか、あほ！　ぜったい大学なんぞいかせへんぞ！」

「おとんなんかあてにせんわ！　うちひとりでいったる！」

そう叫ぶと、夢子は丈の短いスカートを翻し、店を飛び出していった。

静まりかえった店には股間を押さえて佇む父、勇作の姿が・・・。

その眼が潤んでいたのは股間の痛みか、はたまた娘の無鉄砲な行動か。

大和川の踏み固められた土堤を夢子の元気のない踵《かかと》が滑っている。向こうから太った男がジョギングしてくる。撓《たわ》んだお腹と汗ばんだシャツを見て夢子は憂鬱に思った。

（こんなオッサンとも、枕並べなあかんのやろか？）

男の膨らんだ白い肌は、却って暗然たる闇を嫌が上でも夢子に想起させた。

夢子のクラスには、こうしたパパ世代の男性に限らずジジほどの年齢の男とも平気で寝ている者もいる。彼女曰く、金離れの良さそうなパパやジジを選んで焦らせば、1枚でも多く諭吉か新札の栄一がぶんどれると言う。放課後、制服を脱いで目をつむっていれば勝手に財布が膨らんでくるのだと言う。

本当だろうかと夢子は思う。思うがその手っ取り早い金稼ぎに自分が足を踏み入れるイメージがまだできない。

敢えて想像してみた。制服を脱いだ自分の体に吸着するさっきの白い肌の男、陰部の奥までねぶられている想像は吐き気を催しそうだった。

つまり夢子は迷っている。それは大学進学への迷いではなく、この方法しかないのかといった諦観《ていかん》めやらぬ迷いである。

「あほんだらああゝ！」

オレンジの特急車両が夕陽に溶けて橋梁を跨いでいく。車両は彼女の叫びなど木っ端微塵《こっぱみじん》にして河の上をなにもなかったように通り過ぎていく。

便利な言葉を使えば、複雑な思い（不安、期待、恐怖など）があるにせよ、夢子は買い手がある自分を担保に、大学を買うしかなかった。

喧嘩した父とは、あれ以来口もきいていない。勇作も夢子になにも言わなかった。言えば、「おとんはどうにかしてくれるのか」と返されるだろうし、大学なんか行くな、とやればまた親子喧嘩になることを父もわかっていたからである。

勇作が一番見たくなかったのは、娘の窮余の金策（パパ活）が事実化され、彼に突きつけられることだった。これがため彼は口を開けなかった。

一方、そんな父の葛藤をよそに、夢子はパパ活に走り出す。

彼女にそれを指南してくれたのは、同じクラスの心美《ここみ》だった。心美は適当なパパ活サイトを夢子に紹介し、年齢を偽証して登録し裸の写真を載せておけば、毎日山ほどのメッセージが来ると言った。

心美はすでにこのサイトで出会った両手を超えるほどの客がある。彼女のスマホを見せてもらうと欲望丸出しのメッセージが時を選ばず、毎日送られていた。彼らは心美からの承諾を欲情たぎらせ待ち続けている。なるほど、そのスケベな客たちと代わる代わる交われば諭吉や栄一がばんばん入ってくる訳だ。

心美は言った。

「ただし、サイト運営者にJKってバレたらあかんで。バレたら退場やからな」

そう呟く心美は高校生にはまったく見えなかった。

夢子はバージンではない。しかし見ず知らずの男と寝る経験はもちろんなかった。こうした経験は、彼女に怖さ見たさなある意味大学進学では得られない未知の階段を意識させた。

サイトに登録したその日から心美の言った通りたくさんのメッセージが届いた。活動エリア大阪、望む相手既婚、収入に安定のある人、としていたにも関わらず、北は北海道から南は沖縄まで、はたちから古希まで、フリーターから会社役員まで、メッセージ交換から身体目当てまで、欲付いた男たちの群がネットの向こうに透けて見えた。

心美からは、職業がハッキリした35歳以上、既婚者、年収700万以上、プロフに恋人関係だけを望むようなプラトニックなことを書いていない者、を基本に選べとアドバイスをもらった。それで絞り込んでもなお1画面に納まらなかった。

その中から年収順に3名を選んでみた。そして紋切り型のメッセージを返してみた。すると、3人ともすぐに会いたいと返事があった。怖くなって心美に相談した。すると「あほか」と一喝された。

「びびることあらへん。相手はただのスケベイや」

「できるやろか、うちに?」

「テクなんかいらへんねん。目つむってあえいどったらあっちで勝手にいきよんねんって」

心美は鼓舞してくれる一方で、

「あきらめるんやったらいまのうちやで。うちもこんなこと誰にでも教えへん。あんたが金に困ってる言うから教えたったんやで」

そう言われて夢子は跋扈《ばっこ》しかけていた臆病風を吹き飛ばした。

「なにゆうてんねん。誰もあきらめたなんてゆうてへんやろ」

ムキになって言い返した。

「そんならええけどな」

心美が舌を出してほくそ笑んでいるんじゃないかと思って、夢子は彼女の口元をチェックした。大人びた彼女の蛭《ひる》のような唇はどちらとも見分けがつかなかった。


最初の客は自称53歳会社役員だった。仕立ての良さげなスーツをまとっていた。天王寺駅の裏通りのコンビニの前で待ち合わせた。それが本当の名だかどうかわからぬ大川と名乗るその男は、初対面から砕けた雰囲気を撒き散らしていた。人目憚らず夢子の手を握り、当たり前とばかり彼女の肩を抱いて身体を密着させてきた。

「いこか」

夢子は黙って頷いた。刑場に連行される気分だった。

大川と入ったホテルはコンビニのおでんの匂いが届くほどの場所にあった。いつも遊んでいた界隈にこんな湿り気のある一角が存在したとは、まるでどこか違う国に来たみたいだった。昼下がりのラブホテルはなんだか薄暗かった。その暗さが夢子の気持ちをまた陰鬱にした。

「いくつ？」

大川は差し当たり思いつく陳腐な質問をした。

「はたち、です」

「ほんまに？」

どう返答すればいいか迷った。この男は自分が18だとわかっているのか。その間にも大川は身体の距離を詰めてくる。

「ええけどな、いくつでも。かわいいし」

こう言った後、大川は夢子をベッドに押し倒した。実体のなかった年齢の問答は薄暗い部屋で煙のように消えた。

もう大川はそれ以上、意味のある会話をしなかった。いや最初から意味などない。彼は若い芳香な肉体を貪《むさぼ》りたいだけだ。事が済むまではおそらく秩序だった会話もなければ関心もない。夢子は未知なるものへの凝り固まった緊張が緩むのを感じた。このことだけが二人の間の意思の往来ならば、もはやなにも考える必要がない。

大川の求めに応じて身体を入れ替えたり、脚を広げたりする間、こんなことなら自分にもできそうだと、まだ緊張の残滓《ざんし》を留める自分の体に、初習いの小さな克巳《こっき》に近いものを覚えたりした。

それがより確かになったのはホテルを出た後だった。実働2時間で諭吉2枚を財布に入れた。

初仕事は大成功と言ってよい。

くすぐったい発芽なる成果を心美に報告すると、朋輩には殊《こと》の外思いやりのあるこの先達は自分の経綸を評価してくれる廉直な追蹤者の初陣に、初当選の議員を喜色で迎える党首と同じく両手でがっちりと握手した。

「な、どうってことなかったやろ」

(ほんまやな)と心の中で呟いたが、まだ幾許《いくばく》かの蟠《わだかま》りみたいなものを感じて無言で頷いた。

「うちの上得意客も紹介したるわ。どうせうちひとりで野郎らの性欲満たせへん。催促も減ってちょうどええ」

そう言うと心美は自分のスマホから何人かの男性のリストを見せてくれた。それらを夢子は目に入れたが覚える気などさらさらなかった。

覚えてはいないが、おそらくそのうちの一人だろうと思しき見覚えのある男から夢子にメッセージが来た。察するに、はたちくらいの女子を手あたり次第物色しているのだろう。

ここで忠誠や節操など歯牙にも掛けないが、こうした男がどれほどの数の女と寝ているのか少しだけ興味を持った。が、すぐにどうでもいいことだと思った。すでに足を踏み込んでしまった夢子には、この男が何人の女と寝ていようが、どんな倫理を持っていようが関係ない。心美のリストにある上得意が自分の上得意であっても構わない。そんなことにこだわっていては大学の資金は作れない。

夢子は割り切ってこの男とも会う約束をした。

絡みにくい会話は大川の時と同じだったが、この男のほうが言葉数が多かった。その大部分は大川同様意味がなく会話は成立しなかった。が、放っておけば勝手に喋っているので、気は使わなかった。雑音だと思っていればいい。夢子は頷くタイミングだけ外さないよう気をつけた。

この男からも諭吉2枚をぶんどった。

自分でも驚くほど先入観から逕庭《けいてい》のある行動だと思う。二人目以降、夢子はすっかり味をしめた。次々と客を取った。夢子の財布はみるみる膨らんでいった。

父と喧嘩した時、親不孝と知りながらこの手段を選ばざるを得なかった。ところがいま彼女の手には入学手続きに必要な半分ほどの金がある。心美に紹介されてからわずか2週間のことだ。

さらにふた週間が過ぎて、夢子はあっけなく目標額に達した。

その間に大学の推薦入試があり、夢子は面接試験を受けた。後日、結果は高校と自宅に届く。が、夢子はすでに合格を確信していた。

なぜなら、この間、彼女には自分の客に高校教員も大学教員もあって、閨で交わした彼らとのくだらない会話から、自分のほうが彼らより賢い気がしたからである。

加えて、自分の懐には彼らからもむしり取った十分なゼニが用意されていたからである。

これで落ちる道理がない、そう夢子は確信していたのである。

果せるかな、夢子は合格した。

が、問題はその後だった。


夢子の合格を勇作が知ったのは、他の郵便物とは明らかに違う厚さの封書を見つけた時だった。忌々しい挑戦状を突きつけられたかのように感じた。差出人を見るや否や引き裂いた。中の封入物が床に飛び散った。ゴム長靴に縋り付いた一枚を見下ろすと、それは「合格通知書」と書いてあった。

「あのぼけえ」

合格通知書を踏みつけた。

間が悪くそこに夢子が帰ってきた。昨日までなら勇作の顔も見ずに自分の部屋へ一直線だったが、父の足元に散乱している書類を見て夢子は怒鳴った。

「なにしてくれてんねん！」

先に点火していた勇作は夢子以上に怒鳴り声を上げた。

「なにがじゃ！　勝手なこと？　うちの好きなようするゆうたやろ」

「勝手なことしよって」

「誰がしてええゆうた⁉」

「おとんの助けは借りんゆうたやろが。うちが自分で大学行くのにつべこべゆわれとうないわ」

そう言うと夢子は学生鞄を勇作目がけて放り投げた。

「まず、その汚い足どけんか！」

鞄は勇作を逸れて客席の下に滑り込んだ。

「こんなんが欲しいんか！」

勇作はゴム長靴の下の書類をぬめった地面に擦り付けるようにして蹴り上げた。靴底の湿った突起と床の油に挟まれた書類は軽業師のように2回ほど廻って夢子の前にひらりと落ちた。

合格の2文字が靴底の油で消えかかっている。

「上等やんけ」

夢子は我慢ならず父に飛びかかった。前回の喧嘩と同様拳を繰り出すがまたもかわされた。バランスを失ったところを父に頭を2回どつかれた。

お返しとばかり夢子はまたも父の股間目がけて蹴りを繰り出した。

が、前回不覚をとった勇作はお玉で急所を防いだ。

夢子の蹴りはお玉で阻まれ反対に向こう脛《すね》を激しく打った。

「ってえー！」

足を抱え棒立ちする夢子。勇作はその隙に店の外へ。

「俺は認めん。大学に行くやなんて認めんで」

そう叫ぶや逃げるように出て行った。

残された夢子は奥歯を軋ませ怒りを嚙み殺していたが、それが緩むにつれて瞳は潤み、やがて鼻水垂らしてワーワー泣き出した。

放課後、担任に、

「後で職員室に来い」

と言われた。湧き上がってくるいくつかの不安を胸に抱え職員室に向かった。

「K大学から連絡があった」

そう切り出した松尾は、夢子を見ず外のグラウンドを眺めている。

「指定校推薦なんで辞退できませんとな」

夢子の顔が曇った。

「どうゆうことですか、先生？」

松尾は溜息交じりに言った。

「お父さんから電話があったそうだ、K大学に」

恐れていたことが的中した。夢子の軽い失望のうちにも松尾は面倒なことをしてくれるなと言いたげだった。

「娘を大学にやらないと言ったそうだ。無論、大学はできないと答えた。これは専願制の指定校推薦入試で、入学辞退はできないんですと、丁寧に、お父さんに、ご説明してくださったそうだ」

ここでも松尾は幾らか嫌悪の混じった渋い表情を変えない。

「それでもお父さんは納得されず、行く行かないはこっちの勝手だから、以降大学からの郵便物を送ってくるなと言ったらしい」

夢子は煮えたぎる怒りを抑えつつも、あり得ることだと飲み込めている自分にも苛立ちを覚えた。

「それで、うちに電話がかかってきたというわけよ。呼ばれた訳わかるよな、相馬」

夢子は松尾に頭を下げた。屈辱的だった。父親の失態を娘が教師に謝るなど聞いたことがない。脳裏では勇作をどつきまわしていた。

「で、おまえはどうなんだ。いく気あんのか？」

「もちろんです。うちが行く大学です。父は関係ありません」

「そうはいかんよ。保護者の承諾が要るんだ。出したんだよな」

出した。保護者の同意書というやつを、勇作には内緒で。こうなるとゼニの問題よりあの頑固者から同意を得ることのほうが100倍難しい。ゼニはすぐに難なく収めた。それと同時に入学に必要な手続き書類一式を送ったが、その中に保護者の同意書も忍ばせておいた。もちろん勇作が書いたものではない。夢子が代筆した。保護者印も適当なのを押した。

しかし奨学金の手続きは無理だった。これには連帯保証人の印鑑登録証明書と源泉徴収票がいる。さすがにこれら書類は勇作抜きでは手に入れられない。奨学金さえ借りられれば後期以降の学費はどうにかなるのだがと夢子は思うも・・・。

ともあれ、勇作には大学進学に何一つ手を借りていない。なのに足だけは引っ張られる。腹立ちが一巡して夢子の心は哀しみに変わってゆく。

「先生、ごめん。父にはうちからよく言っておきます」

「とにかく、家庭のもめ事で学校に傷をつけんでくれよな。大学からの指定枠削られたらどうすんだ。おまえ一人の問題じゃ済まないぞ」

こいつも殴ってやろうかと夢子は思った。が、推薦受けて合格した身分だ。大学に入学するまでは辛抱だ。そう自分に言い聞かせた。

いますぐ殴ってやりたいやつは、あの頑固者だ。

当然一戦交えることになった。帰宅して夢子が開口一番叫んだ。

「ぶっ殺したろか！」

店はこの日も客が干上がっている。

無聊《ぶりょう》にスポーツ新聞を見ていた勇作は、血走った眼の娘を見て、カウンター席から立ち上がった。スポーツ新聞を丸めてテーブルにパンッと叩き付けて言った。

「なんじゃこら、やんのか！」

夢子も対抗して学生鞄を壁にバンッと叩き付けた。

ふたつの威嚇音を合図に、父と娘は今季何度目かの取っ組み合いを始めた。

夢子が先に拳を振り上げた。

ところがその腕を、誰かが掴んだ。

「やめとけ姉貴！」

弟の相馬耕平《そうまこうへい》だった。

耕平はいましがた帰宅したところだった。二人が喧嘩しているので見かねて制止したのである。

夢子は怒りの矛先を弟に向けた。

「がきはすっこんどれ！」

耕平は背後を指して言った。

「お客さんびっくりしてはるやろ」

見ると耕平の後ろに二人連れのお客さんが突っ立っている。知らぬ間に来店があったのだ。

慌てて笑顔を繕う夢子。そこは言っても客商売の家の娘である。

「い、いらっしゃい」

急な作り笑いに客は気味悪がっている。

「いらっしゃい」

勇作のも客に二の足を踏ませている。

「さ、どうぞ入ってください」

一番年若い耕平が一番上手に接客する。

二人の客はこの素っ頓狂な家族と目を合わせずに恐々とテーブルに着いた。

その傍ら、夢子は勇作にメンチを切って、家に入っていった。

(覚えてろよ、おとん!)

親子喧嘩はひとまず休戦だった。


夢子の大学入学は父の反対に関わらずどんどん進み、そしてついに高校を卒業。澄み切った青空の下、入学式に家族の姿はなく、夢子はさばさばした気持ちでやっと大学のキャンパスに立った。

専門学校に行った心美とは時折、一緒にお茶などしたりした。夢子にとっては大学進学の道を開いてくれた恩人である。いずれ（それもおそらく近いうち）違う方向性を持つとわかっていたが、夢子はいま少しだけ彼女の世界観に合わせていこうと学費の返済のつもりで決めていた。

いざ入学してしまうと勇作は一切何も触れてこなくなった。店は相変わらず暇だったし、中華そばを作ること以外勇作にできることはない。学費支弁ができない自分と夢子の独り歩きを思うと、どこか寂しかったのだろう。

だからか、勇作がこんな愚行を犯したのも寂しさゆえだったろう。


ある日の朝、夢子は図書館で借りていた授業用の参考文献2冊がなくなっていることに気づいた。この日返すつもりで昨晩から机の上に置いていたのだ。その本が見当たらないのである。

（おかしいな）

ふと嫌な予感が走った。

呼応するように、窓の外白い煙が上がっている。もしやと部屋から庭を見下ろすと勇作がなにやら燃やしている。灯油缶の中で炎に巻かれているものに見覚えがあった。夢子の気配に気づき、勇作が見上げる。その風采に、嫉妬に似た哀れさを湛えていた。

（ふざけんなよ！）

夢子は大慌てで庭に降りていった。

「なに、しとんじゃ！」

夢子が叫ぶ。

「たき火や」

勇作が呟く。

「うそつけ、うちの本やろが！」

「知るかい。俺は家にあるいらんもん、燃やしとるだけじゃい！」

「それはな、うちだけのもんやないんや！　みんなが使う大切な本なんじゃ。なにしてくれとんねん！」

「そうか、俺にはただのゴミにしか見えんかったけどな」

勇作は飄々《ひょうひょう》とそう呟いた。

（くっそぉおっっ・・・）

夢子は拳を握ったまま震えている。こんな無慈悲な父を前に、夢子は吐き出すべき言葉を選べなかった。況や憎しみともつかぬ行き場を失った感情が目の前の中華そばしか作れない小さき存在を滅する憎悪すら見失っていた。ぱちぱち音を立てる灯油缶の中を黙って見ているしかなかった。

そして言った。

「うちは、どないしたらええねん」

やっと声にしたところが掠れて炎に溶け込んだ。勇作は答えない。

「なお、おとん。どないしたら・・・」

サンダルの爪先に涙が小さく跳ねた。

「どこも行ったらあかんのか、うちは」

しおれた白眉を火に照らし勇作はうつむく。父、娘どちらの顔にも攻撃性はなかった。

勇作が呟く。

「俺は中華そば屋じゃ。他のことはわからん」

夢子の涙声が炎に刺さる。

「うちは中華そば屋の娘や。けど、大学に行きたいんじゃ」

勇作はかろうじてこう応じた。

「大学いくのはかまへん。せやけど、あれだけはあかん。あれだけはやめてくれ夢、頼むさかい」

これを聞いて夢子は固く目を閉じた。瞳の奥で明滅している光から心美と客たちの悦楽した顔が浮かんできた。

そして言った。

「せやったらおとん。奨学金借りてええか？　あればこのさきせんでも行ける」

勇作は奨学金がどういうものかまったく理解していない。しかしこの場合、彼はこう言うしかなかった。

「すきにせえ」

そう言い放つと、勇作はバケツの水を灯油缶に注いだ。消火された炎の予熱がしゅうしゅう音を立てて、灰燼の底にはなんやら入門と読めそうな焼き残りが黒く光っていた。

第2章「中華そばかラーメンか」

こんな思いして入った大学だが、授業はまったく裏切られた。高校と違いどんな授業を選ぶかは各人に委ねられているから面白くするもしないも自己責任だとガイダンスで言われたが、取った授業がことごとく面白くなかったらこれは自分に選ぶセンスがなかったということか。

ガイダンスでベテラン風の職員はこうも言った。

「うちの授業は大半が対話を重視したアクティブ・ラーニング型です。みなさんの能動的な学習参加を期待します。授業では予習、復習を義務付けていますのでさぼらないようにね。最初はしんどいでしょうが、すぐに慣れますよ。もっと勉強したい人は図書館もあるし5号館に夜10時まで使えるラーニング・コモンズもあります。学外には梅田のビルにサテライトキャンパスも設置していてそこでは勉強だけでなく就職活動に役立つ情報も用意しています。せっかく大学生になったのですから、これらの施設をフル活用してくださいね」

と言うが、この職員は嘘つきだ。

アクティブ・ラーニングなんて嘘で、多くの授業は一方通行で教員が独りよがりでわけのわからない独演を続けている。

出席をネットで取ってしまえば学生は勝手に教室を入退出するし、後ろで好き勝手な私語をしていても教員はまったく注意をしない。大胆にコンビニ弁当やお菓子を食べている学生もいる。それも教科書などで隠すのではなく堂々と。

これがあのゼニに対する大学教育の対価だと思うと虚しくなるし、父とあれほどもめて入った大学がこれではどう説明していいかわからなくなる。父にはどうせ説明してもわからないし聞こうともしないだろうけど。

夢子はちょっと後悔していた。

だが、その後悔を払拭してくれる存在が二人あった。

一人は柘植彩音《つげあやね》。彩音と夢子は大学入門ゼミのクラスが同じで、入学後間もない時期に行われた新入生キャンプでも同じ部屋になった。彩音とはすぐに意気投合して、どこ行くにも彼女と行動を共にした。彩音は初物をどんどん受け入れた。彼女は自分の居場所を広げることに努力していたし、彼女のペースで夢子を引っ張り回した。

もう一人は那賀塚大翔《ながづかひろと》。彩音と同じ同級生だ。

大翔《ひろと》との出会いは彩音を通じて。ドイツ語のクラスが彩音と大翔は同じだった。その彩音から濃い河内弁の女の子がいると大翔は紹介されていた。

実は彩音、夢子を自分の引き立て役にしようと思っていた。彩音は大翔に好意を抱いていたのである。

ところが、展開は彩音が思うようには運ばなかった。引き立て役どころか大翔には夢子の明け透けな言動がおもろいと映ったのである。そのおもろいが単なる好奇心に留まらず、彼のお気に召したのである。

一方、夢子にとって大翔はただの友人であり、大翔が夢子に感じたに比して特に深い情念を持っていなかった。だから明け透けでいられたし、仮に大翔を男と意識したとしても、夢子は態度を変えなかっただろう。そういう彼女を大翔は他の女子とは違う希少性で眺めた。

「饂飩《うどん》みたいなスベスベお肌やな、兄ちゃん」

夢子が大翔に投じた最初の言葉である。大翔は面食らった。およそ普通の女の子とは思えぬ初太刀だった。なにか気の利いたことを返さねばと使い慣れないヘンテコな関西弁でこう言った。

「おおきに。でも食べられへんでえ」

大翔の精一杯の関西弁《エスプリ》は残念ながら夢子には通じなかった。夢子にとって大翔はキャンパスに茂萌ゆる木立となんら変わらなかったのだ。

そんな二人が近づいていくことになるのは、意に反して彩音の嫉妬による。

大翔の気持ちが夢子に向いていることを知った彩音は、夢子のウィークポイント（だと彩音が思っている）情報を与える。

「知ってる？　彼女の家、中華そば屋なんだよ」

それを聞いた大翔は、

「そうなんだ、ふ～ん」

だった。

彩音にしてみれば下賤と思しき親のその職業はマイナスだと思う。だが、大翔はそんなことまったく意に介さなかった。

悔しいので彩音はさらにマイナス情報を引っ張り出した。

「大学入るのに、何人もの男と寝たらしいよ」

語らずともいいものを夢子は彩音に自分のパパ活経験を道化て話した。いっそ笑い話にしてしまいたかったのである。

「それはたいそうな武勇伝だね」

大翔は驚くどころか感心している。

「同級生じゃ物足りないんじゃないかしら？　男知りすぎて」

「頼もしいじゃん」

大翔はあくまでも肯定的だった。それが夢子だからなのか、そうした世俗に理解があるのか。どちらにせよ、彩音の情報は夢子の評価を下げなかった。

寧ろこれがため却って、大翔の中で夢子の、どうやら希少性に曖昧にも繋がる早生が自生し始めた。大翔は夢子という図鑑に載っていない陳種に断然興味を抱いた。

大翔の行動が早まったのは彩音の愚行のせいであるが、大翔の行動を鈍らせたのは夢子の無頓着さであった。

例えば、ごはんを食べにいこうと言う彼の誘いに夢子は、

「飯くらいならええで、つきあっても」

新作映画を見に行こうと言う彼に、

「どうせ暇やし、かまへんで」

と特別な感情抜きに応じていた。要するに大翔である必要はなかった訳である。ただ、大翔が身辺に居て彼女のそのままであれば無聊になるはずの時間を適度に賑やかしてくれていたまでである。

夢子は大翔にさえ、父の店の中華そばがさっぱり売れないことや、金策のために始めたパパ活を些かの悲壮感も忍ばせず自ら戯《おど》けた。彩音がウィークポイントだと思っていたことを夢子自身は潔い程に明け透けに語ったのである。それがまた大翔には蠱惑《こわく》的に映っていくのである。

彩音にしてみれば目論見が完全に裏目に出た。夢子を大翔に引き合わせたことも、夢子の株を落とそうとしたことも。それでも一向に自分への接し方を変えない夢子に、彩音は彼女の超然を超えた泰然さに、もはや敬意で持って崇めるより他なかった。

大翔《ひろと》が突然、中華そばを食べたいと言い出した。ラーメンが食べたいなら大学周辺にいくらでもある。しかし大翔はラーメンでなく、中華そばが食べたいと言うのである。

「なにがちゃうねん？」

夢子は訊ねた。

「流行りに迎合していない感じがあるよな、中華そばには」

夢子は首を振って言った。

「なにゆうてるかようわからん」

大翔は笑って言った。

「いや夢子の言う通り。よくわからないいんだ、二つの違いは。たぶん、言い方をただ変えているだけで、きっと中身は同じなんだよ」

「せやったら、そこらで食うたらええやん」

「違うんだ。夢子の家の中華そばを食べたいんだ」

夢子は呆れた顔で大翔を見つめる。

「余計ゆうとることがわからん」

大翔は真顔で言う。

「僕はラーメンの味にはちょっとうるさくてね。こっちでもいろいろ試してんだ」

横浜生まれの大翔は中華の味に慣れ親しんでいるが、こちらに来てから、関西の味にもかなり感動している。それもあってのことかもしれないが、夢子はあまり歓迎しない。

「うるさいやつは来んでええ。食うまでもない。全然うまないいんやから」

「わかんないじゃないか、味はひとそれぞれなんだし」

夢子は彼の考えていることがよくわからない。

「やめときって」

「どうしてさ?」

「作っとるやつが頑固もんやさかいなんの工夫もない」

「それ聞いたらいっそう食べたいなあ」

「あかん、あかん。うちは連れて行かへんで」

しかし大翔は勝手に来てしまった。夢子が連れて来たのではなく、夢子から聞いた店の名前を頼りに探し当てたのだ。

それは終日《ひねもす》雨の日の午後だった。

勇作が営む店は南河内の大和川の支流西除川《にしよけがわ》から北、天美《あまみ》地区にある。近鉄南大阪線河内天美駅から西に入る商店街、その少し奥まった路地に潜む。

かつては明かりを灯していたであろう朽ち錆びた電飾看板に『河内中華そば 華夢《かむ》』とある。

ここへたどり着くのに大翔は二人通行人を止めた。それほどに店は見つけにくかった。二人目に訊ねた時、愛嬌の良さげなその奥さんは「そこやん」とツッコミ口調で大翔の真横を丸い指で示した。

雨に毀《こぼ》れた電飾看板は光を失っているどころか在地を通行人に教える役割すら忘れていた。見上げて、破れたテントに消えかかった『華夢』の文字を見つけた時、大翔は夢子の天真爛漫さがここの暮らしを虚飾するための見栄ではないかと思った。

内から弱々しく光が洩れている。ゆるゆると引き戸を開けた。

平日の昼下がり。沛然《はいぜん》たる雨。少ないだろうと予想したが、染みついた陰気臭さは、そこに客があることの想像をまったく寄せ付けなかった。

「いらっしゃい」

くぐもった声。

自分の想像が的中していると大翔は悟った。

これが勇作と大翔の初対面だった。

傘の始末に大翔が戸惑っていると、

「兄ちゃん。傘立て外やねん。すまんなあ」

どこか夢子に似ているようで似ていない、似ていないようで似ている。それが勇作を見た時の大翔の第一印象だった。

足が端っこのテーブルに向く。本能的に勇作との距離を取ろうとしている。そんな自分を戒め大翔はカウンター席に座った。

「らっしゃい」

さっきより早口に言って勇作は硬い笑顔を見せる。年季物のグラスに注がれたお冷が二人の間に無造作に置かれた。

二人の目が合った。

「お決まりですか?」

「おすすめはどれですか?」

大翔ははじめからこう言おうと決めていた。この手のやり取りには勇作も慣れている。

「おすすめは、やっぱ華夢《かむ》そばですわ」

「では、それで」

食べ終えるまで大翔は一言も発しなかった。スープを全部飲み干してから、

「ごちそうさま」

と言った。

この店も親子もうまくいっていない。それは中華そばの味だけでなく、どことない勇作の懶惰《らんだ》な動きからも窺えた。

「おいくらですか？」

「680円です」

これで傘を差して立ち去れば、雨の閑日に来た顔のない客として消えていく。しかし大翔は雨と勇作の気怠さに流されまいと奮い立った。お釣りを受け取った後、

「夢子と同じ大学に通っている那賀塚《ながづか》と申します」

と告げた。

勇作は一瞬戸惑いを見せた。しかしそれは好意的ではなかった。

「・・・」

それがどないした、と目が語っている。

「夢子の彼氏・・・候補です」

食いついてくることを狙ったが、言えるのはそこまでだ。まだ彼女の承諾は受けていない。

「ほんで？」

勇作は関心なさそうだ。

「食べてみたかったんです。ここのラーメン」

「中華そばや」

なんのこだわりからそう言ったのかわからないが、自分が思っていた流行に迎合しないのが中華そばなら、まさしくここの中華そばは流行とは程遠い。

だから大翔は言ってしまった。

「おすすめにしては旨くないですね」

勇作のまぶたがぴくつく。

「おもろいことゆうやん」

勇作は笑っている。しかし眦《まなじり》は笑っていない。

「聞かせてえな、なにが不味かったか」

大翔はひとつ深呼吸してから言った。

「麺に歯ごたえがない・・・って言うか、たぶん茹で過ぎですね。ストレートの細麺でこれはちょっと致命的かな」

勇作の笑顔が消えた。

「ほほう。まるで専門家やん」

勇作は腕組みしたまま大翔を睨《ね》めあげた。

大翔は相手に構わず酷評を続けた。

「スープも弱いですね。なんかこう、主張がない」

これで勇作の蓋がこじ開けられてしまった。

「これやから、大学生っちゅうんは嫌いなんや。なんやねんその主張って？ ほななにか、スープは口きくんか。演説すんのか。あほが、気どった言い方すな！」

これに大翔は怯むどころかさらに向かっていった。

「主張がお気に召さないなら、独自性と言ってもいい。私はこういうものです、っていうユニークさがまったくない」

「それも気に入らんな」

「じゃあやめましょうか」

大翔はなぜか挑戦的だった。

「かまへん、続けろや。ほんで、他は？」

「全体にありきたりで、どこにでもあるチャルメラ醤油味、ここでなきゃ味わえないものじゃない。極端な話、スーパーで売られている即席スープとなんも変わりない」

「兄ちゃん、ケチつけに来ただけやったらとっとと帰ってんか」

大翔は帰らない。

「だめなとこ聞かせてくれって言いましたよね?」

「ものには言い方っちゅうもんがあるわ。麺とスープがあかんゆわれたらそば屋の名折れじゃ。黙ってられっか!」

「ひとつ聞かせてください」

「なんじゃい」

「相馬さんは、お客増やしたくないんですか?」


雨脚が弱まっている。表を過ぎていく車と路面との接合音がシャカシャカ耳触りに響く。雨滴は店内の二人の血を冷ます効果はなさそうである。

「客を増やすやと?」

大翔は頷いた。

「客は十分取れとるわい」

「これでですか?」

湯気だけが虚しく回る店内を、大翔はわざとらしく見渡した。

大翔は断言する。

「こんな店で、新しい客は取れない。若者はぜったい寄りつかない」

こうまで言われて勇作が収まる訳がない。

「われ、もっぺんゆうてみい！」

厨房の中から勇作は大翔の胸ぐらをつかみ上げ殴りつけた。大翔は床に尻もちをつく。

勇作が吠える。

「なめんなよ！」

大翔は口の中で不味いスープの味に血が混じるのを感じた。そして殴られた頬を摩りながら呟いた。

「このままじゃ来ませんよ。ますます減っていくだけですよ。それでいいんですか⁉」

「おまえに関係あるかぁ！」

「夢子がかわいそうじゃないですか」

言いたいことはわかるが、勇作にすればまったくのお節介である。親失格と言われているようなものだ。当然収まりつかない。

「誰に向かってゆうとんねん！」

そう叫ぶと、勇作はまたも拳を振り上げた。

「そこまで！」

振り返ると夢子がいた。勇作は振り上げた拳を留める。

「学校で見かけへんかったから、もしやと思たら、やっぱりや」

大翔は、怖い鬼に見つかったかのように首を竦めた。

「内緒で来ることあらへんやん。ゆうてや、来るんやったら」

夢子は絡んだ両者を解いた。大翔の唇の血を見て言った。

「すでにもろてんねんな。すまんなあ」

夢子はばっちい布巾で大翔の唇を拭ってやる。

「なにがしたかったん？」

「別に」

ぶっきら棒に大翔は言う。

「喧嘩しに来たんとちゃうんやろ？」

答えたのは勇作。

「喧嘩売りにきただけじゃい。このあほ」

勇作は夢子に訊ねる。

「こいつ誰や？」

大翔は彼氏候補と言ったが、勇作はもう忘れている。

「ダチや」

（やっぱそうか・・・）

本人から直接聞くとがっかりする。わかってはいたがやはり自分は特別ではない。

大翔は夢子の特別な存在になりたかったのだが、彼女はそうではない。この先彼女との関係をどう進展させればよいか、大翔にはわからなくなっていた。

思案の末、彼は夢子の生活を（お節介にも）変えようと思った。不味いと夢子が嘆く父の中華そばを美味しくしてあげられないか、そう大翔は考えたのである。

頑固者であると聞いていたので、はじめから一戦交える気で来た。

が、しかし、もしもこの店を変えることができたなら、自分の評価もきっと変わるはずだ。

「おまえのダチ、俺のそばを不味いと抜かしよったわ」

勇作は、らしくもない告げ口調になった。

「そのとおりやん」

夢子に素気なく返される。

「それが世間の評価やて1万回ゆうたやろ」

勇作の眉が微かに震える。

「で、どうする？ またこいつ殴るか？」

夢子は勇作を睨む。

「そないなことしたかって、不味いもんは旨ならへんで」

畳み掛けるならここだと思ったのであろう。夢子は容赦ない。

すると、機と見て大翔がついに切り出した。

「どうですか、思い切って商品変えませんか？」

夢子と勇作が揃って大翔を見る。

「俺に、いいアイデアあるんです」


それに食いついたのは夢子だった。

「どないな？」

大翔は言う。

「うん、まず、ラーメンは健康食品じゃないんで」

そこに勇作が噛み付く。

「中華そばやゆうとるやろ」

大翔は半ば呆れ顔で呟く。

「中華そばとラーメンになんの違いもありませんよ。旨ければどっちだっていいんだし」

夢子が父をたしなめる。

「しょうもないことこだわらんで聞けや」

勇作は憮然としている。

大翔はしたり顔で続ける。

「その延長で言えば、極端な話、旨ければなんでもオッケイ。たとえどんなに体に悪いものが入っていようが」

「えらい怖いことゆうやん」

と夢子は笑うが、大翔は大真面目だ。

「いいかい、ラーメン食いに来るやつが、成分とかカロリー気にする?」

「気にせんわな」

「そうだろ。そもそも、この店は味薄い、薄すぎる」

夢子は頷いている。

「塩と脂が足りてないからだ。これだと客は癖にならない。次来ない」

勇作はというと、そっぽむいて聞いていないフリしている。

「ラーメンは通常食より3段階ほど強い味覚をスープに与えて、客は食べてしばらくしたら、水をガブガブ飲みたくなるくらいでちょうどいい」

「嘘やろ」

夢子は驚くが、大翔は当然とばかり表情を崩さない。

「客の舌にまた食べたくなるよう覚えさせなきゃだめなんだよ。それには健康を意識した塩分量や脂の量では全然足りない」

「そんな濃いもん、年寄りに出せるか！」

堪りかねて勇作が口を挟んだ。聞いていないようでしっかり聞いていた。

しかし大翔はこれをバッサリ切り捨てる。

「お年寄り相手にしたいんですか？　だったら閉めたほうがいい」

「閉めろやと、ざけんな！」

勇作が大翔の胸ぐらを掴んだ。夢子が勇作の腕をはたいた。

「黙って聞けっちゅうとんねや、わからんやっちゃな」

「うっさいわ！　なんでこんなガキに調理法まで指導されなあかんねん。うちのを旨いってゆうとる客も仰山おるんじゃ」

「どこにおるねん？　おらへんやん」

夢子は失笑した。

「ほら、大翔続けて」

大翔にはこのけったいな親子が可笑しみを持って見えてきた。

「スープはもっとコクが欲しいし、麺は太くて縮れているほうがいい。メンマとナルトとモヤシはいらない代わり半熟煮卵とニンニクとタマネギの微塵切りを入れたほうがいい」

懲りずにしっかり調理法まで注文を付けてくる大翔に、夢子は笑いを堪えていた。

案の定、勇作は素直に受け入れない。

「おまえの好みやろが、それは」

「そうですよ」

「けっ！　これやから素人はかなわん」

「ですけど若者はだいたいそんなラーメンを食いたいんです。な、夢子？」

振られて同意を求められていることがわかった。

「せやな」

濃すぎる味はどうかと思ったが、この場合、勇作をやり込めるほうが優先だ。

「あほか！　そんなもんここらで売れるか！　天王寺や心斎橋とちゃうねんで。天美の商店街やで。売れるわけあらへん」

勇作の言ってることもまんざらわからないでもない。

しかし大翔はまったく引く気配ない。

「ここまでの話ならそうです」

大翔はなにかを仄めかしている。

「でも、これで面白いものできますよ」

そう言って大翔がポケットから出したものは中華そばに入れる具材とあまりに懸絶していた。

「まじでゆうてる？」

夢子が首を傾げるのも無理はない。それは板チョコと珈琲豆だったからだ。

「もちろん」

大翔は嬉しそうに板チョコと珈琲豆の袋を揺すっている。

「食後に出すんか？」

「違うよ。ラーメンに入れるんだ」

「ありえんやろ」

夢子でもそう思わざるをえない。

「いや、ありえる」

いやに大翔は自信満々だった。

彼の意図を図りかねるが、夢子は訊ねた。

「どないして使うん、そんなん？」

「うん、どっちもスープに混ぜる」

「甘いんか、苦いんか、どっちやねん」

「どっちにもならないよ。旨いスープになる」

「ほんまか？」

「いいかい、スープにチョコの甘みを加えることで塩分を通常より増やせるし、珈琲は脂と相性がいいので少々脂を増量してもこってりしすぎない。だからこれを入れると本来の濃い味が不思議と濃く感じないんだ。でもすっごくコクが出る」

「まじか⁉」

「まじまじ。これなら食べた後また来たい、ってぜったいなるよ」

「そないうまくいくんかいな」

夢子もまだ半信半疑だった。

いわんや、この屈強の頑固者がこんな提案を受け入れるはずがない。

「もうええか？　おまえのバカげたお遊びは」

遊びと言われて大翔は色をなした。

「遊びじゃありません」

「わかったわかった。好きなもん作ればええで。おまえんとこの台所でな」

そう言うと、勇作は店をほっぽらかして出ていった。

外はいつしか細雨に変わり、群がる雲間から薄日が射していた。

第３章「飛んでいけぬ弟」

　天美商店街の路地が乾かない。

「よお降るねえ」が行き交う人々の挨拶代わりとなっていた。垂れ込めた河内の空には「商売あがったりや」の嘆きの声まで吸い上がっているようだった。

　耕平の高校から電話があった。相変わらず客もまばらな店で、派手な見出しのスポーツ新聞をぼんやり眺めていた勇作に伝えられた情報は、半ば予想していたものとはいえ快いものではなかった。

「今月に入ってからまったく来ていないんですけど、なにかありましたか？」

　息子が学校に行っていないことは感づいていた。担任が言うにはこのまま欠席が続くと進級できないとのことだった。

「なんもあらしまへん。えらい、すんまへんな先生」

「病気ではないんですか？」

「ぴんぴんしとります」

「お父さんから学校に行くよう言ってください」

「ゆうて聞かせますけど、親なんか屁とも思っとらんやつなんで」

「家に居るんですか？　だったらお伺いして話しますけど、僕からも」

「いえね、朝、制服着て出よるんですけど、晩遅うまで帰ってきよりまへん。ほんまどこほっつき歩いとるのか」

勇作にはわかっていた。息子は勉強が嫌いだ。高校に行き始めてすぐにさぼりがちになった。それも知っていたが、なにも言わなかった。たいした問題でないと思っていたからだ。嫌なら辞めて働けばよいのだ。勇作は高校の教育も大学の教育もなんの価値もないと思っていた。

「先生からゆうてもろてもええんですけど、本人が行きたがらんよってどないしますかね？」

「お父さん、そんな他人事のように・・・」

電話口で嘆息が聞こえた。

「今晩、話してみますさかい。そんでよろしでっか？」

「わかりました。明日またお電話しますんで状況教えてください。このままだと本当に来年やり直すことになりかねませんよ」

（そら結構です。辞めさせますさかい）と喉元まで出かかっていた言葉を飲み込んだ。

「えらいすんまへん。ご厄介かけまして」

口先だけの返事を最後に受話器を置いた。

贔屓《ひいき》球団の黒星を扱き下ろす一面と、モヤモヤした気持ちを一緒くたに、新聞を丸めて放り投げた。

その日の夜。

勇作は耕平と話をせんがため、居眠らないよういつもの酒を控えた。直接的には高校担任の指図のようで、そうでもない。これからどうするべきか、彼と話をしなければならないと感じてはいた。昼間の電話はそういった意味で彼の鈍い行動を実行に移させるよいきっかけにはなっていた。

耕平が帰宅したのは日付が変わる少し前だった。

勝手口から忍び込んで階段をみしみし踏みつけ自分の部屋にこもった。半時間ほどして部屋を出てきて台所で腹を満たす食材を漁った。

そこを勇作は待ち構えていた。

「先生から電話があったで」

後から声を掛けた。

「学校、行ってへんねやってな」

耕平は振り返り父にガンを飛ばした。

「どうしたいねん?」

耕平は黙ったまま髪を掻き揚げた。

「誤解すんなよ。俺は別に行ってへんことに説教垂れようってつもりやないんや。どっちつかずのことはやめとけってことや」

折り悪くそこで耕平のスマホが鳴動した。

「おお、ケンゴ」

中学の同級生だった。

これに勇作は切れた。反射的に耕平の頭を平手で打った。

「親が話しとるんや！」

ぶたれた耕平は、数回頭を振ってからスマホをまた顔に近づけた。

「ちょっとまた後でかけ直す」

勇作より背の高い耕平は父を見下ろした。

「なんでしばかれなあかんのじゃぁ！」

耕平も切れていた。

父親の胸ぐらを荒々しく引き寄せた。勇作は息子の手を払いのけて言った。

「大事な話しとんじゃ」

その勢いでもう一発、耕平の頭をしばいた。

耕平が怒鳴り声を響かす。

「親やからって俺が手え出さんとでも思っとるんかい！」

「なんやと！　上等じゃ、かかってこんかい！」

「ほんなら、遠慮のうぶっ殺したるわ！」


二人のやり取りは二階の夢子の部屋まで届いていた。邪魔くさいと思いながらもご近所迷惑なので、夢子はアホどもを制止しに降りて来た。

「どつきあいするんやったら河原でやってこい！」

夢子は勇作に臍《ほぞ》を向けた。

「なにが原因や？　だいたい察しはつくけど」

「このアホ、俺をコケにしよったんでな」

「電話かかってきたんや。なんで出たらあかんのじゃ」

「親が話しとるんや、後にするやろ、普通」

夢子は納得した。

「ほんでおとんの手が出たんやな」

相変わらず口より手のほうが早い父を、夢子は呆れ顔で眺めた。

「しょうもな」

喧嘩の原因が耕平のさぼりであることを夢子は察して、

「あんた、高校行ってへんそうやな？　なんで行かへんの？」

と問い詰めた。父がやるべきことだと思いつつ。

しかし耕平は黙ったままだった。

仕方なく夢子は弟の説教を自分が買って出た。

「うちかて行ってたからわかるけど、勉強はほんまつまらん。けど、他にすることあらへんやろ？　たいした理由なんてあらへんはずや、行く理由も、行かへん理由も。ちゃうか？」

答えた相手が違った。

「辞めろ辞めろ。時間の無駄じゃ。さっさと働け」

「おとんは黙ってろ！」

夢子が勇作にガンを飛ばした。

「うちはな、おとんみたいにならんとこ思てるから大学に行きたかったんや。それには高校卒業せなならん。おもろないけど将来のためや。あんたにはいまが大事なんやろけど、高校も出んかったらおとんの二の舞やで」

「誰の二の舞やて！　ゆわせておけばぁ」

勇作が歯がみして夢子を睨む。

「ちょっと黙っててんか！」

夢子は父を片手で押し除けた。

「うちは辞めんほうがええ思うで」

翌朝、耕平は家を出ていた。学校に行ったのではないことは明白だった。

なぜなら、

「しばいたろか！」

勇作がお冠だったのである。

「どないしたんや？」

起きてきた夢子が訊ねると、

「あいつ、家のゼニ、盗みよった」

腹立たしげに言う。

勇作は売上金を家の金庫に一時保管していた。金額が大きくなれば銀行に預けるのだが、当座必要な生活資金と食材仕入れに必要な手元金として常時20万円ほど保管していた。

その金がごっそりなくなっていたのである。

「落ち着きおとん、まだ耕平と決まったわけやないやん」

「あほか、こんなん家におるもん以外誰が盗むねん。外から侵入した形跡もあらへんのに」

スマホを掲げる夢子。

「確かめたらええやん、本人に」

夢子は耕平のスマホを呼び出した。しかし耕平は出なかった。

「どこほっつき歩いとるんやろ、20万も持って」

夢子の不安が募る。

一方、勇作は、

「くっそ。今日仕入れでけんやんけ！」

たいした売り上げないのに店の仕入れのほうが気になっていた。


河内天美駅の西側に大人の遊戯施設、即ちパチンコ店がある。そこだけ時間が遅れているのか昔から風景をほとんど変えていない。

昼間は高齢者が多いが、時々これに混じって若者が玉を弾いている。

今日ここに未成年の若すぎる一団がいることを、店も知ってのことか、知らずにいてのことか、玉遊びを許している。

耕平は、初めてパチンコ店という場所に入った。耳が休まる暇もないうるささに圧倒されて気づけば家から持ち出した金は全部消えていた。

パチンコ店に誘ってくれたのは耕平が最近付き合っている不良グループのリーダーである。彼、坪倉尚人《つぼくらなおと》が未成年者4人を率いてパチンコ店に入店したのが正午前。駅前の飲食店の掻き入れ時が終わる頃には、耕平が持ち出した金全部を5人で使い果たしていた。

負けて面白くない尚人は耕平に八つ当たりした。

「おまえのせいで勝てんかった」

「ど、どうしてですか?」

耕平にしたらみかじめ料を納めてついてきたのに、自分のせいにされてはたまったもんじゃない。

「金の出し方が間違っとるわ」

「で、でも尚人さんに俺、全部預けたほうがいいと・・・」

「あほ、緊張感が違うやろ! 1回やのうて分けて出さんかい!」

そう言われても困る。惜しんだら惜しんだでしばかれただろう。

「もう持ってへんのか⁉」

「あ、あれで全部です」

「ほんまやろな!」

「ほんまです」

耕平は財布を尚人に差し出した。尚人は中身を確認して1円もなかったので、耕平に突き返した。

そうとわかればこんな場所にもう用事はない。

尚人は無愛想に言った。

「いくで」

未成年者４人を従えて尚人は店を出た。耕平はからっぽになった財布を放り投げて尚人に着いて行った。


尚人たちは線路沿いのコンビニにいる。

「次、あれいこか」

尚人が指示したのは克巳《かつみ》。耕平と同い年の札付きの不良だ。

尚人が示した相手は制服姿の男子高校生だった。

克巳がコンビニから出てきた男子高校生の行く手を塞いだ。

「ちょっと時間くれるか」

かつあげの切り出しはいつもこれであった。克巳は相手を睨み据えた。

「さっき俺、財布落としてな、いま無一文なんや」

高校生は唇を震わした。克巳は微笑を湛えて少年に囁いた。

「なあ、助けてくれへんか？」

「えっ？　で、でも・・・」

「平和的なお話は、あっちで話そか」

そう言って克巳は無理やり高校生をコンビニ駐車場の隅に連れて行った。そこで尚人たちも合流する。

５人が高校生を取り囲むようにして、代表で克巳が言った。

「助けてくれるよな、お兄さん優しそうやし」

高校生は震えが止まらない。

「どやねん？」

助けを呼びたいが高校生は声も出せない。

すると克巳が間髪入れず高校生の脇腹に膝を入れた。呻きながら高校生はしゃがみこんだ。

リーダーの尚人が彼のカバンを取り上げ中から財布を抜き取る。

「ちっ、これぽっちか」

財布には千円札２枚と小銭３２７円しかなかった。

「これももろとくで」

地面に落ちた袋のおにぎりとお茶までも克巳は巻き上げた。

そこへ店から出てきた女性客が大声で怒鳴った。

「あんたら警察に通報するで！」

女性は尚人たちのかつあげを一部始終見ていて助けてくれたのだ。

「その子のもの返したり！」

「やばい！　ずらかるで！」

そう呟くと尚人たちは一斉に駆け出した。

逃げる彼らを声で追うように女性は叫んだ。

「待ちい。盗んだもの置いていけえ！」

尚人たちは振り返りもせず遁走した。


その日の夜、耕平は克巳の部屋に転がり込んだ。家には戻らないと決めている。克巳も早々に高校を辞めている。

「こんなんしかなかったわ。どっちがええ？」

克巳の両手にあるカップ麺はカレーとシーフードの日頃耕平がよく口にする銘柄だった。耕平も家では一人暮らしのような生活をしていたから、この手の食品は馴染みだった。

「サンキュウ、わりいな」

耕平はシーフードを手にした。

「帰らんでええんか？」

一口啜って克巳が訊ねた。

「ガッコ辞めたら家おる意味ない」

二人にとって尚人の支配から開放されたいまが一番自由な時間だった。

「仕事さがすんか？」

耕平は先細る湯気を見つめて克巳に訊ねた。

「かっちゃん、どっかないかな？」

「なくはないけど」

斯く言う克巳も高校中退後、アルバイトで小遣いを稼いでいた。

「うちの店紹介してやりたいんやけど、店長この間新しいの入れたとこなんや」

「ほなあかんな」

「けどな、我孫子《あびこ》にこの間うちの系列の店できてん」

「我孫子か、近いな」

「そこは募集してたで」

「ええやん、なんの店や？」

「ラーメン屋や」

（なんでまた、ラーメン屋やねん）

せっかく家を出てきたのに、またあの商売に関わるのかと思うと気が乗らなかった。

「耕平が行く気あるんやったら店長に話しといたるで」

自分にそんなにたくさんの選択肢がある訳でもない。耕平は克巳の提案をありがたく受け入れることにした。

「うん、おおきに、かっちゃん。頼むわ」


その店はあびこ筋の南海北花田駅からすぐ近くにあった。焦がした木彫りの看板に『らう麺華丸《はなまる》商店』と揮毫されている古風でおしゃれな店だった。

しかし耕平は思った。

（くそっ、ここまで被せよるんかい！）

華夢、華丸、字面が似ていてイヤだった。でも紹介してもらった手前、いかない訳にはいかない。

耕平は意を決めて扉を開けた。

すると奥から声が。

「すんまへ〜ん、まだ準備中なんですわ」

踵を返しそうになった。が、厨房の奥から顔をのぞかせた人を見つけるや、

「いえ、あの、バイトの面接に」

と声を投げた。

タオルを頭に巻いた男が出てきて、

「ああバイト君？　面接ね。はいはい。ちょっとそこ座って待ってて」

と言った。

耕平は言われたとおり誰もいない客席に腰を降ろした。厨房からはがっしゃんがっしゃんとけたたましい音が聞こえてきた。いまからでも逃げ出したい気持ちだった。


しばらくして、さっきの男が耕平の前に現れた。

「店長の飯島です」

（このひとが？）

全部やるんだなと思った。店にはこの男しかいない。仕込みも、バイト面接も、調理も、売上管理も、まさか一人で？　そう考えると怖くなった。

すると、飯島はいきなり、

「で、いつから来られる？」

と訊ねてきた。

耕平は戸惑いながら、

「えっ？　働かせてもらえるんですか？」

「もちろん、働きたいんやろ？」

「そうですけど、面接って聞いてましたんで」

「したやん。もう」

（これが？）

「明日から来られる？」

躊躇する自分を、ちゃうやろ！　と否定し、ここはこう言うしかなかった。

「大丈夫です」


次の日から耕平は華丸商店で働き始めた。不安に思っていた人手は、店長の他たくさんの従業員がいた。その多くがバイトみたいだったが、人がいても忙しさは想像をはるか超えていた。働いた経験のない耕平はすぐに思った。

（ガッコのほうがましやん）

つまらないと思っていた学校での気ままな時間とのあまりの気忙しさの違いに、耕平は打ち消そうにも打ち消せない後悔と闘った。

（しくったで）

大翔《ひろと》が偶然にも耕平の働く華丸商店を訪れたのは、華夢を訪れた時と同じような雨の日の午後だった。傘をたたんで木彫りの看板の前に立った時、彼はおよその味の見当をつけた。洩れ出て来る匂いから、濃い目の豚骨醤油だと予想を立てた。

「いらっしゃあい！　お客様ご来店でゑす！」

そこまで張り上げるかってほどの耳触りな声に、きっちりとしたマニュアルに即したラーメンが想像できた。

ホールスタッフが「こちらにどうぞ」とカウンター席を案内してくれた。

ここなら厨房の中がよく見える。調理の過程もチェックできる。スープになにを入れているのか、麺をどんな茹で方しているのか、トッピングの種類は、冷蔵庫の中は、衛生状態は、などなど、つぶさに観察し頭の中で得点をはじく。そして自分の席に届くラーメンの出来栄えを先にイメージする。

これが大翔のラーメンの食べ方の楽しみのひとつだった。

想像通りの豚骨醤油ラーメンだった。味は不味くない。美味しいと多くの客が言う味だ。

スープを飲み干し、鉢を置いた後、男性店員が近寄って来て、

「お客様、お召し上がりくださりありがとうございます」

さっきの大声と違いなんだか頼りない声だった。

「当店では完食されたお客様に満腹アプリをお奨めしています」

大翔は訊ねる。

「なに、それ？」

実はこの手のサービス、ラーメン店によくあるので、おおよそ大翔は知っている。知っているけど知らないふりして聞く。これも店の評価として。

「はい。スープまで全部残さず召し上がっていただいたお客様にはアプリの中に満腹スタンプを押させてもらいます」

「へえ、どうなるの、それ集めると」

「10個たまると、お好きならう麺1杯無料でお召し上がりいただけます」

（ありきたりだな）

そう大翔は思ったが、嬉しそうに言った。

「いいね、そのアプリどうやっていれんの？」

「これを読み込んでいただければ」

店員が示したテーブルの三角ＰＯＰスタンドに満腹アプリのＱＲコードがあった。

「ああ、それね」

大翔はポケットからスマホを取り出した。少年の顔を伺うとたいして笑顔もなしで大翔の動作をただ眺めている。

（まだ浅いな）

言われたから奨めている。自分がこの店にどう貢献するかわかっていない。そんな雰囲気満載の少年だった。

少年の胸には案の定、研修中の名札が・・・。

（やっぱりな）

ところが、その名札の氏名が目に飛び込んできた時、大翔は一瞬、スマホの操作を止めた。

（相馬耕平？）

この苗字がこの地区ではアプリ同様ありふれているのか、そうでないのかわからないが、大翔は夢子に弟がいたことを思い出した。

（まさか⁉）

それが声になって出てしまった。

「おまえの姉ちゃん、ひょっとして相馬夢子だったりしね？」

姉かと放り込んだ大翔の問いかけに耕平は無言で諾の意を返した。

「やっぱり」

「あんた誰？」

「姉ちゃんの彼氏」

「おらんよ、そんなやつ」

やけに自信持って言うじゃないか。姉の交際関係をどれくらい知ってんだと大翔は思った。

「聞いてっぞ、弟クンがいることは」

「うっせえ」

「客に言う言葉じゃねえな」

指摘され耕平は黙った。この客とはあまり関わりたくない。

しかし大翔はそうはいかない。

「学校はどうしたい？」

まったくいらんお節介だ。

「あんたに関係ないやろ」

耕平は大翔を無視して仕事に戻った。

大翔はラーメンを啜りながら、耕平の不慣れな仕事の手つきに、訳アリを予感した。

次の日再び、大翔は華丸商店を訪ねた。

耕平の姿を見つけた時、大翔は愛想よく片手を掲げた。しかし耕平はぷいっと横を向いてしまった。そこで大翔はこっちから捕まえにいった。

「おうい君、君だよ、相馬君、注文するよ！」

そう言われると無視できない。しぶしぶ耕平は伺った。

「ご注文は？」

「昨日と同じやつ」

耕平は怪訝な顔をして呟いた。

「姉貴からゆわれたんやろ」

「夢子には話してない」

「なにが目的やねん？　ラーメン食いに来ただけとちゃうやろ？」

「ちゃうかもな」

大翔はおかしなイントネーションで耕平を真似た。どこかひとを食ったようなところがある。

耕平はめんどくさいので、きっぱり言った。

「もう関わらんとって。俺、あの家出たさかい」

すると大翔は意外なことを口走った。

「なあ、あの店、俺と一緒に立て直さんか」

耕平は姉ちゃんの彼氏と嘯《うそぶ》くこの男がなにを言っているのかまったく理解できなかった。

「どの店のことゆうてんねん？」

「あの店と言ったら、おまえさんの頑固オヤジの店しかないだろ」

耕平は呆れて言った。

「でけるわけあらへんやろ。あんなクズみたいな店」

「いや、できる」

そこで、厨房から声がかかった。

「相馬君！　お客様のご注文は⁉」

ぐずぐずしてる耕平に対するお叱りだった。

「は、はい、華丸ラーメンいっちょう！」

(もう来んなよな)

耕平はそう言った目で大翔を睨んだ。

店内で喧しい声が一斉に重なる。

「華丸いっちょう！　あざーす。そうれそれ、真心を籠めてぇ、つくりまぁす！」

大翔は呟く。

（やっぱうるさい店だな）


その次の日も大翔は華丸商店を訪れた。

が、耕平の姿がなかった。

「あのう、相馬君は？」

店員を捕まえて訊ねると、

「辞めましたよ」

とにべもない。

（辞めた？）

こうなると見つけることが難しくなる。大翔は彼の連絡先を知らない。

さらに大翔には耕平を見失うとまずいことがある。それは耕平が働いていることを夢子には内緒にしていたことだ。知られると間違いなく怒られる。

案の定、そのことを打ち明けると、

「なんで早よゆわんのや！」

と叱られた。

夢子もあれから連絡し続けているが耕平からはなんの音沙汰もなかったのだ。心配する姉の気持ちをよそにラーメン屋で働いていた耕平もさることながら、それを報告しなかった大翔に対してのほうが夢子は腹が立った。

「2回も会《お》うとって、うちに知らせんとは、あんたええ根性しとんな！」

「ごめん」

「救世主気取りもたいがいにしいや！」

「ごめん、反省してる」

「そんなんしとる暇あったら、大和川のゴミ拾いでもしとけ！」

いまからでも大和川に行ったほうがいいかもと思ったくらいだが、それより耕平の行先を探すほうが夢子に許してもらえそうだ。

「ごめん、夢子、ごめんよ」

「どいつもこいつも、勝手なやつばかりや！」

１００回詫びても許してくれそうになかった。


保身からでもないが、大翔は自分が先に耕平を見つけたかった。見つけなければならなかった。そして幸運にも（いや不運にもと言うべきか）先に見つけた。

その場所は東住吉区の針中野商店街近くの入り組んだ路地裏。昼でも往来は少ない。

そこで複数の男たちが一人の男をリンチしていた。

リンチされていたのは相馬耕平。

仕切っていたのは坪倉尚人、耕平が属していた不良グループの頭。この中には耕平と仲が良かった克巳もいた。

副リーダー格の穣治《ジョージ》が耕平の胸ぐらを掴んで言った。

「尚人さんに死んで詫びいれんかい！」

そして耕平を殴りつけた。

血まみれの耕平は薄暮に翳った路地裏に沈んだ。


耕平が尚人のバイクを盗んだ。金に困ってのことだった。我孫子のラーメン屋を辞めてから耕平は仕事が見つからず街を徘徊していた。

そこで思いついたのが尚人のバイクだった。元々このバイクも盗難車だった。そのバイクを耕平は黙って持ち出し闇オークションで売った。バイクは1時間足らずのうちに35万円で売れた。

耕平が金を手にした直後、尚人たちが耕平を見つけ出し、耕平のスマホ履歴から売買の証拠を暴き、金を全部巻き上げた。そのうえバイクを取り戻してこいと命令された。が、バイクは返って来ず、耕平は尚人たちから制裁を加えられたのである。

穣治は言った。

「死んでもええけど、バイクだけは取り戻せよ」

路上に倒れている耕平の頭を穣治は蹴り上げた。


大翔《ひろと》が耕平を見かけたのは、このリンチの真っただ中だった。針中野に新しいラーメン屋が出店したとの情報を得て、大翔はこの界隈を探していた。その通りがかりでリンチに遭遇した。暴力が大嫌いな大翔は、すぐにやばっと思って通り過ぎるつもりだった。

ところが、路上に転がる男になんだか見覚えがあった。大翔はとっさに叫んでいた。

「ちょ、ちょっとまってくれ！」

尚人たちは声のほうに振り返った。そこになまっちょろい弱そうな男が一人で立っている。

「誰や、おまえ？」

穣治《ジョージ》が訊ねる。

「そ、そいつの、そいつの、」

「なんじゃ、きさまは⁉」

大翔は怖くて喋れない。

「こいつの連れか？」

大翔は頷くのが精一杯だった。恐怖で股間がキュッと固くなった。

穣治が近づいてくる。

「おまえも殺して欲しいんか？」

眉にピアスした穣治の顔が目前に迫る。

こんな場合の対処方法を大翔は自分の経験の中では見いだせなかった。穣治のピアスを見た時、痛みに打ち勝つ覚悟を先に求めた。

「ほんなら一緒に仲良く死ねや」

穣治の拳が飛んで来た。避ける間もなく大翔はそれを鼻梁に浴びた。強い光が瞼に四散した。と、同時に後頭部に鈍痛を感じた。克巳が大翔の頭を蹴った。続けざま横っ面に殴打を食らった。

それからどれほどの打撃と痛みと血の破片を浴びただろう。大翔は薄れゆく意識の中で、

（明日の経済原論、どうしよ）

と呟いていた。

浮かんできた夢子の俯いた面差しが、彼を深い混濁に導いた。


次に眼を開けたのは、生暖かいベッドの上だった。淀んだ部屋の空気に溶け込むカーテン越しに強い日差しを感じた。クマ蟬のかすれるような啼き声の合掌が鼓膜をさわさわと震わせた。

大翔は何故自分がここに居るのかわからなかった。夢の中の続きかもしれないと、もう一度瞼を閉じてみた。すると遅れて首のあたりに鈍い痛みが襲って来た。首に分厚い輪っかがはまっている。それはがっちりと固定されていた。

痛みは次第に記憶を呼び覚ました。眉のピアスと瞼の裏の光が明滅する。ついさっきのことか、或いはずっと前のことか。

「ひろと?」

名を呼ばれて起こそうとすると頸に激しい痛みを伴った。痛みで眼が開かなかった。

「ひろと」

もう一度呼ばれて、恐る恐る薄目を開いた。視線だけ声のしたほうに向けると夢子の顔半分が映った。定かではないが彼女の瞳が濡れている。

「気、ついたん、か?」

声が歪んでいた。そしてやっぱり瞳は濡れていた。

(どうして泣く?　誰のために泣いてる?)

ぜったい自分のためではない。彼女と自分がそこまでの惻隠《そくいん》の情で結びついているはずがない。

なにか喋らなければと思うが、適当な言葉を見いだせず、大翔は沈黙を守った。そんな自分に嫌気が差した。

すると彼女のほうから、

「あほなんやから、二人とも」

（二人とも？）

涙声に安堵ともつかぬ叱責が混じっていた。彼女の涙に何割かは自分のことが入っていたであろう忍びやかな歓びも感じた。

「耕平君、は？」

しわがれた声しか出なかった。

夢子はいつもの気丈さで、

「ねんねしてるわ、隣の部屋で」

とぼやいた。

「大丈夫、彼？」

「あんたひとのこと心配してんのか？」

大翔は夢子の表情に微かな笑みを見て取った。

「死ぬで、あんなんに関わってたら」

また眉ピアスを思い出した。ぞっとした。

「もう、関わらんよ」

こりごりだった。

「それで、耕平君は大丈夫なんだな⁉」

「いっぺん死ななわからんな、あのアホも」


路地裏で倒れていた二人。通りがかりのひとが呼んでくれた救急車で緊急搬送された。

大翔はまだ自分の顔を見ていないので無惨な状態に気づいていないが自由を束縛している医療具に常ならぬ姿になっていることはおよそ想像できた。耕平もまた似たような姿態で床に伏していた。

ぐるぐる巻きにされた二人を見守り続けた夢子。彼女が涙したのは、大翔の覚醒でようやく現実に戻れたからだった。

「経済原論、出席取ったか?」

不意に大翔は頭の片隅に残っていた気懸かりを引っ張り出した。

「あんたのせいで出られんかった」

「そっか。すまん」

今更ながら彼女にも迷惑かけたことを大翔は反省した。

「今週いっぱいは退院でけへんで。医者がそうゆうてた」

「うん」

大翔は単位の事が気になった。そんな小心者なら何故喧嘩に首を突っ込むのだと自分を嘲笑してみた。そうでもしないとこの後味悪さを胸に収められなかった。

次の週。大翔と夢子は講義室に戻っていた。教卓前では髭の教授が相も変わらずちんぷんかんぷんな独り言を並べている。

私語封じか、最大音量のマイクのキンキン声が頭上から降ってくる。時折、無作為で学籍番号を読み上げ質問を浴びせる。学生の出席の真偽を確かめようとするためだ。

大翔の学籍番号が読み上げられた。

(まじかぁ⁉)

小声で呟き立ち上がる大翔。

教授はすかさず問う。

「この場合の余剰価値率は?」

前週欠席している大翔はこの問いがわからない。無論夢子も。

「わかりません」

教授は大翔を立たせたまま質問の解答を板書し始めた。質問になんの意味があっただろう。公開処刑以外の何物でもない。

大翔に遅れ耕平も退院した。

家出していた耕平は実家に戻った。高校に復学することもできたが彼はそれを望まなかった。それより驚いたことに彼は店を手伝いたいと言い出したのである。

「あほなことゆうな！」

当然、勇作は反対した。なにを好き好んで傾いた家業に就く必要があるか、働きたいならきちんとした職場を探せと彼に言った。

するど耕平はこう言い返した。

「この店、俺、立て直したいんや」

勇作は呆れて言った。

「どつかれて頭いかれてもうたんとちゃうか。なに血迷うたことゆうとんねん！」

「まじでゆうてんねや。なあおやじ、店、移さんか？」

夢子と勇作は互いに顔を見合って、本当に耕平が脳みそにダメージを受けすぎたのではと疑った。

耕平は言った。

「働いてわかったんや。飲食店は立地や。ひとが仰山おるところが儲かるんや」

夢子は耕平の頭をなでなでしてやった。

「なにすんねん！」

怒った耕平は姉の手を振り払う。

夢子は冷笑を浮かべた。

「坊や、そんなことは誰かてわかるこっちゃで」

彼女は坊やに優しく説明する。

「知ってるか、ひとが集まる商業地はテナント料が高いんや。いくら売れても賃料と諸経費が売り上げを上回ってたら赤字になるんや。人通りの多い場所の店が長続きせんのは、賃料と人件費がたこつくからなんやで。ええか、開店からしばらくは物珍しがって客は来るやろけど、そんなん1年も経ってみいや。客は飽きて来んようなるし」

耕平はそれでも納得しない。

「難しいことはわからん。けど北花田の駅前にええ貸店舗あるんや」

「高校も行かんかから、そんなあほくさいことゆうねん」

「姉貴は黙っとれ！」

耕平曰く、以前バイトしていた華丸商店が開店からわずか3ヶ月で閉店することになった。売り上げが落ちていた訳ではない。しかし従業員が次々と辞めていき（耕平もそうであったが）スタッフを集められなくなった。

結局、店は売れていたがまわすスタッフがいなくなり店を閉めざるを得なくなったのである。

この店舗物件の所有者は空店舗にするぐらいなら賃料を下げてでも借り手を探そうとした。

この情報を耕平は耳にしたのである。

「どや、おやじ？　ええ話やろ？」

しかし勇作はそっぽ向いて言った。

「俺はどこにも行かん。ここで一生やるんじゃ」

そう呟くと開店準備に取りかかった。

第4章「Rags to Riches《びんぼうだっしゅつ》」

河内中華そば華夢。今日も商店街の一隅にひっそりと存す。数えられる程の馴染み客に変わらぬチャルメラ醤油味を日々提供する。

ひとつ変わったことといえば、そこに新調のゴム長、エプロンをまとった息子が加わったことか。

勇作は耕平に家業を手伝わせるつもりなどまったくなかった。勝手に耕平が店に入り込んできたのである。

無論、厨房には踏み入れさせなかった。そばの作り方も教えなかった。息子が店で勝手にぶらぶらしているだけだった。

一方、耕平にしてみれば、店の移転を主張すると勇作が頑迷になるので、自分は接客だけに専念していた。

しかし彼にはある考えがあった。

「なあ、おやじ。外から注文取ってええか？」

耕平はここでじっと客を待っているだけではだめだと思ったのだ。

「なんやと？」

「俺が届けるさかい」

出前のことを耕平は言っている。

「おやじはただ作ってくれたらええ」

だが、勇作は承知しない。

「勝手なことすんな！」

ところが、耕平は言うことをきかなかった。

『出前はじめました！　河内中華そば華夢‼』

こんな手書きのビラを作って近隣の家々にポスティングしようとしていた。

そのビラを見た夢子は、

「なんやこれ？」

「売り上げあげるんじゃ」

「これでか？」

「そうや」

「あほか、こんなん誰が注文すんねん⁉」

「なにがあかんのじゃ！」

「子供の落書きやろ」

「ほっといてくれ！」

「ほっとけるか。かえって悪評立つやろが、こんなん配ったら。おとんは知っとんか？」

「ゆうてもあかん」

「やったらなおさらや。配るんやったらもっとましなもん作らんかい！」

「そないゆうんやったら姉貴が作れや！」

「おう、うちが拵《こさ》えたるわ！」

ということで夢子が作る羽目になった。

夢子は大学のパソコンで耕平よりはちっとはマシなビラを作ったが、真ん中に大きくラーメンの絵が描かれているそのデザインを見た大翔は、

「なに、そのダっさいの」

ダメ出しをした。

「ええ感じやと思うけどな」

そこそこ自信があったのだが・・・

「だめだよ、そんなありきたりなデザインじゃ」

「どこがありきたりやねん⁉」

「これをありきたりと言わずしてどれをありきたりと言う？」

手厳しい。

「一目見て、ああラーメン食いてえなあって思わせるようなものでないと」

「なるやろ?」

「ならん」

「そないゆうんやったら大翔が作れや!」

姉弟で他人に押し付けていくのはやはり育ち方のせいか?

ということで最終的には大翔が作る羽目になった。

大翔はイラストレーターの入ったパソコンで3D画像っぽい麺の浮き出たデザインを作った。見るからに旨そうな中華そばに仕上がった。それが勇作の作る中華そばをイメージしたものかどうかは別として。

「あんた、ごっつううまいな」

夢子はほれぼれして大翔のデザインを眺めた。

「これやったら注文しとうなる」

「だろ?」

大翔は目じりを下げて微笑んだ。夢子の役に立てたことが嬉しかったのである。

あくる日から、そのビラを近所に配った。大翔も手伝ってくれて耕平と夢子の3人で撒いた。

するとぽつぽつと出前の注文が入り始めた。

お客から注文を受けてはさすがの勇作も作らない訳にはいかない。しぶしぶ作る彼の中華そばを耕平が改造した配達用自転車で配達した。

こうして次第にではあるが華夢の売り上げが増えてきた。

こうなると勇作の機嫌も悪くない。

「おまえらたまには役立つのう」

どこまでも素直でなかった。

だが商売はそう甘くはない。

商店街に新しいラーメン店ができた。

その場所は華夢からわずか100メートルほどの駅に近い好立地だった。

新しい店は博多ラーメンを売りにしている。その名も『とんこつ魂』
とんこつ魂は強力な販売促進を展開した。新聞に織り込まれたチラシは大翔が作ったビラに比べデザイン性は低かったが、実務性に富んでいてメニューがわかりやすく配列されていた。加えて下部に割引券を印刷してあったのでどうしたって目につく。

駅前ではアルバイトを使って割引券が差し込まれたポケットティッシュも配った。またさらにオープン記念としてラーメン1杯につき替え玉2回まで無料、半チャーハン無料、唐揚げ3個無料、女性と50歳以上のお客様は半額、といった出血大サービスを打ち出したのである。

開店日にはローカル駅前には珍しく長い行列ができた。一人当たりの待ち時間は1時間を超え大盛況だった。

華夢には痛恨の打撃だった。

開店初日から1週間、なんと客はずっとゼロだった。

「こりゃあかん」

さすがの勇作も半笑いで嘆いた。

耕平はそんな父を叱り飛ばす。

「あかんやないで、おやじ。なんか手を打たな、うち潰れるで」

「せやかて、こないなもんどないもできるか」

「諦めんなや」

「諦めとるか！　俺はわかっとんじゃ。こうゆう時はな、じっとしとくに限る」

「じっとしとく?」

「せや」

「なんでじっとしとくんや？」

「あんな、客は新しいのができたら珍しがってそっち行きよる。けどよお見とけ。それも1、2か月の話や。客はまたその味にも飽きよるわい」

あまりに楽観的な父に、耕平は自分がなんとかせねばと思った。なにか策はないか。だがなんのアイデアも出てこなかった。


そんな耕平に手を貸したのは大翔だった。

「うん、普通の博多ラーメン」

ラーメン通を自称する大翔はとんこつ魂のラーメンを食べ、その食レポを耕平と夢子に届けに来てくれたのである。

「不味くはないけどびっくりするほど旨くもない」

それを聞いて耕平は少し安堵した。

「けど、うちに勝ち目はあるやろか、大翔さん？」

「ないね」

そうきっぱり言われると二の句が継げない。

「ここのは普通よりもっと古くさい普通だからね」

夢子が笑う。

「はっきり不味いってゆうたらええやん」

「そこまでは言ってないよ。古いって言っただけで。ただ、どっちを選ぶかって言ったら、間違いなくあっちだろうね」

それはみんなわかってる。

「けど極度に恐れる必要はない。大阪のひとは細麺にそれほど愛着ないだろ?」

「たしかに」

夢子が頷く。

「しかし駅前の好立地とあの過剰なサービスはやばいね」

耕平が困った顔で大翔に訊ねる。

「どないしたらええやろ?」

「簡単さ。シンプルに味で勝負するんだよ」

シンプルだが、シンプルだけに簡単ではない。

夢子と耕平は顔を見合わせてシンプルに苦笑いした。

耕平の瞳は勇作を捉えて離さない。

「じっとしとっても客は来えへんねん。向こうに飽きる前にうちが飽きられとるんやで、わかってんか、おやじ！」

「じゃかしいわい」

勇作は聞く耳も持たない。

「店の場所変えへんねやったら、せめて味だけは変えようや」

「うっさいのう。変えへんゆうたら変えへんのじゃ！」

夢子が訊ねる。

「おとんは、なんでそないにこの中華そばにこだわるん？」

その瞬間の勇作の表情に、夢子と耕平は見たことのない寂しさを拾った。

勇作は呟いた。

「伊久子《いくこ》が拵えたんや、この中華そばの味は」

「お母ちゃんが？」

「せや。この場所でお母ちゃんが始めたんや。俺はその味を守っとるだけや」

思いもよらず死んだ母のことが父の口から飛び出し、夢子と耕平は父の寂し気な背中を眺めた。


18年前。

勇作は金網製造工場で働いていた。妻の伊久子は1歳になる夢子を負ぶって中華そば屋を営んでいた。この店は調理師の資格を持つ伊久子が一人で始めた。勇作の稼ぎだけでは足りず家計を助けるつもりで。ところが、勇作がつまらぬことで工場主と喧嘩し工場を追い出されてしまった。

仕事を無くした夫に、伊久子は、

「ちょうどよかったわ。店手伝ってんか。あたしだけではもう無理やってん」

いつの間にか、伊久子の商売のほうが稼ぎがよくなっていたのだ。

それから勇作と伊久子は、中華そば屋を二人で営むことになった。厨房で熱湯を触る伊久子は夢子を勇作に預け、勇作は夢子を負ぶって伊久子の作る中華そばを客に届けた。

赤ん坊を負ぶってそばを運ぶ姿に客は、

「めっちゃ昭和やな」

と微笑ましく親子3人を応援した。

耕平が生まれた時、2週間ほど店を閉めたが、それ以外お天道様が昇っている間にシャッターを下ろすことはなかった。夢子と耕平をどこにも連れて行ってやれなかったが、河内中華そば華夢は地元から愛され、どうにか家族が食べて行ける程には稼げるようになった。

が、順調だった華夢に悲劇が訪れる。

伊久子が急逝した。

厨房で突如倒れた。心筋梗塞だった。夢子が4歳、耕平が1歳の時である。

この時のことを夢子はほとんど記憶していない。年齢もさることながら、両親が忙しすぎて家にいる母の姿を思い出せない。耕平は言わずもがなである。

その母親が作ったのが、いま勇作が受け継いでいる中華そばだと言うのである。勇作はこの味を変えずに守ってきたのである。

この意地っ張りな父を、夢子は責める気になれなかった。不器用で、商売は下手で、頑固者で、だけど母に節義を尽くして来たこの愚かな父を。

「わかった、おとん」

夢子は父の背に向かって呟いた。肩が微かに震えていた。

勇作はそこまで語った後表情を固めて、もう聞くなと唇を閉ざした。

夢子は言った。

「気がすむまでお母ちゃんの中華そば作りいな」

しかし耕平は眉を顰めて夢子に呟く。

「あの中華そばではもう無理やって」

耕平を無視して夢子は勇作にこんなことを言った。

「ただし、ここでうちらにも新しいメニュー作らせてんか?」

夢子の考えるところはこうであった。

つまり、勇作が作る中華そばは変えずに、この店にもう一品別のメニューを加える。それは先に大翔が提示したあの風変わりなラーメンだった。そのラーメンを夢子は耕平に作らせようと考えていた。

そのアイデアを勇作に伝えると、

「なにをあほなことゆうとんねん!」

受け入れる様子はまったくない。

耕平も聞かされていない突然のアイデアに戸惑う。

「俺、よう作らんで、そんなけったいなもん」

「けったいなゆうな。大翔のレシピは一種賭けや。やってみる価値はある」

しかし勇作がこれを認めない。

「勝手に決めんな。俺は認めん。そんなまぜこぜ。俺の店ではこれまでどおり伊久子が拵えたそばだけでええんじゃ! 他あるかい!」

そう言い放つとエプロンを丸め家に上がり込んでしまった。

残された姉と弟は互いに呟く。

「なんぼゆうてもあかんわ、あの石頭には」

「ああなったらテコでも動かんで、わかってるやろ姉貴も」

「いやゆうほどな」

「どない売れるゆうても、受け入れん」

「いっそ手放してくれたらええんやけどな」

「この店をか？」

「せや」

「おかんの思い出が勝っとるうちはあかんやろ」

「頑固なくせに、妙にセンチメンタルなんやから、笑けるわ」

未来を見たい姉弟にとって父は、ビー玉の詰まったボトルネックだった。


意地で商売ができる時代ではなかった。人情で客が来る時代でもなかった。死んだ女房の思い出を抱いて作る中華そばに誰が共鳴してくれよう。

とんこつ魂に客をすべて奪われ、華夢には誰も寄り付かなかった。来る日も来る日も来店者ゼロが続いた。

朝シャッターを開ける。日没まで客は誰も来ない。用意した麺もスープも生ゴミになる。業者には支払いができない。ということは材料も仕入れられない。

さすがの勇作も威勢を張っていられなくなった。

この段になってとうとう勇作は折れた。

「潮時やな」

夢子が訊ねる。

「どないするつもりや、おとん?」

勇作は言った。

「どないもこないもない。閉めるしかないやろ」

これを聞いた夢子は言った。

「ちょっと待ちいや」

「なにがや、もう商売はおわりなんじゃ」

この間あれほど母への想いを強く語ったくせに引く時のこの呆気なさはなんなのだと夢子は思った。

「閉めるんやったら。うちらにやらせてえや」

やさぐれて勇作は言った。

「どないでも好きにせえ」

引っ張るだけ引っ張って立てんようになってから手放すとは身勝手な親父だ。夢子は腹立たしく思った。が、その感情を抑えて夢子はひとつ父に頼み事をした。

「あんな、おとん、もらいたいものがあるねん」

「ゼニならないで」

天井を見上げ夢子は呆れてみせた。

「あほか、ちゃうわ」

「ほんならなんじゃい」

「看板や。華夢の看板が欲しいねん」

「あんなぼろっちいのまだ使うんか？」

「ちゃうわ。華夢の名前や。屋号をもらいたいんや」

「そんなもん、おまえらの自由や。使いたいんやったら好きなだけ使うたらええ。けどな、けったいなラーメン作るんなら、けったいな横文字のほうがええんとちゃうか？」

そう言って勇作はふてくされたように笑い飛ばした。

が、夢子と耕平はこのバトンをなにがなんでも落とさぬよう駆け出さねばと思った。

それから夢子たちの店づくりが始まった。

始めに取りかかったのは商品の開発である。大翔が提案した斬新なレシピ、即ちチョコレートとコーヒー豆をラーメンに加えるとどんな味になるのか、それをまず試してみることにした。

大翔は言った。

「カカオマス70%のビターチョコとキリマンジャロ珈琲豆の組み合わせがベストマッチだ」

そうらしい。

そこで彼らは近所にできたメガショッピングモール、セブンパーク天美でそれらを調達してきた。

「あんた料理できるんか?」

夢子が訊ねるも、

「まあ、見てなって」

そう言って大翔は口笛吹きながら楽し気に始めた。

「なあ、大翔、あんたなにもんや?」

夢子はあまりに手際のよい大翔の手さばきを不思議に思った。

「普通の大学生だけど」

「ぜったいちゃうやろ!」

「ラーメン好きのをつけてもいいけど」

「それだけやないやろ!」

「俺をなんだと思ってる?」

「小池さんや」

「ん？」

「パーマ頭の」

「ああ、藤子不二雄の漫画に出てくるラーメンばっか食ってる・・・」

「せや、あんな感じや」

「どうせなら、もっといいのにしてくれよぉ」

大翔は悲しげに笑った。


できたスープを大翔は夢子と耕平に飲ませた。

夢子が一口啜ると、

「なんやこれ！」

想像を超える美味しさだった。深いコクが出ているのに、しつこさを感じない。

耕平も、

「なんでこんな味になんねん⁉」

不思議な取り合わせに驚きを隠せなかった。

大翔はちょっと苦笑いした。

「ただね・・・」

夢子と耕平が大翔を見つめる。

「喉が渇く。ま、それはおまけみたいなもんだけど」

このスープには隠し味としてヒマラヤ岩塩と流氷から溶かした海水を混ぜている。それによりスープに含まれる塩分量は通常の豚骨スープの1.7倍ほどにもなっている。普通なら塩辛くて飲めない。それを大翔はチョコと珈琲で辛さを抑えたのである。塩気がかなり入っているが中和させてしまっているので塩辛さを感じない。しかし体内に塩分を多量に入れるので、後で喉が渇くのである。

大翔曰く。

「旨いラーメンスープはこれくらい濃厚でいいんだよ」

「大翔のゆうてた意味わかったわ。これはもいっぺん食いとうなる。喉乾こうが、旨けりゃええって、こうゆう味なんやな」

「そう言うこと。だけどこれくらいで驚いちゃいけないよ」

「なんやまだあるんかい？」

「ラーメンはスープと麺のコンビネーションだからね。主役の麺にもう一工夫する」

「麺に？」

「そう」

大翔は麺にも粗く砕いたヒマラヤ岩塩を仕込んでいた。岩塩を生地に散りばめた。麺にも塩味を付けようという魂胆かと思えば、そうではないらしい。

「茹でて溶かすんだよ」

「ほんならあかんやん。麺に味つかへんのとちゃうの？」

「味をつけるためじゃない」

「なんのためや？」

「麺に穴をあけるためさ」

「あな？」

夢子と耕平は首を傾げた。


スープに麺を絡ませるには縮れ麺にするか、スープを半液体状にするかのどちらか主流である。しかし大翔は麺に小さな穴をいくつも開けることで麺の内側にもスープを染込ませる手法を考えた。これなら麺はたっぷりとスープを含む。スープに特徴があるラーメンなので、いかに麺にスープを絡ませるかがポイントなのだった。

大翔が茹でた麺をてぼから豚骨スープの入った鉢にそろりと落とした。夢子はひと掬い麺を摘んで口に入れた。固茹された麺は多少歯ごたえがあったが、それでも咀嚼するほどのこともない、そのまま喉に流れて行きそうだった。麺にしっかりスープの味が染込んでいる。

「おったまげやな！　まだ旨なるんかい！」

「ほんまかいな？」

耕平も試す。

「嘘やろ！　俺こんなラーメン食うたことないで」

「な、言ったろ、このレシピはぜったい当たるって」

「あんた料理の天才やな」

そう称賛する夢子の唇に大翔は接吻したい気分だった。


ただ、このレシピにはひとつ大きな問題があった。

原価がかかりすぎたのだ。

ビターチョコやキリマンジャロ珈琲豆、それにヒマラヤ岩塩など普通は入れない材料を使うので原価率は65％を超えていた。普通のラーメンの原価率はせいぜい35％程度だ。仮に６８０円で売る場合、原価は４５０円程度かかることになり1杯の売上利益はわずか２３０円ほどしかない。１００杯売っても2万３千円の利益しか出ず、これでは他の経費を払えない。いくら売っても赤字になるばかりである。ならば販売価格を原価率35％に合わせればよいが、そうなると売価１３００円のラーメンということになる。ラーメンに１３００円を出して食べてもよいと言う客が天美商店街にいるか？

　これを聞いて夢子は言った。

「岩塩やめて、普通の塩じゃあかんのか？　キリマンジャロやめてブレンド豆じゃあかんのか？」

　しかし大翔は妥協を許さない。

「別物になる。スープはちょっとの違いが如実に出る。コクが落ちれば麺をいくらいいもの使っても活かされない。色々試した結果、ヒマラヤ岩塩とキリマンジャロなんだ。これは譲れない」

　彼も結構頑固である。

「ほんならどないする？　１３００円で売るか？」

　大翔は口を閉ざした。

「そうゆうことなんやで。うちらも大翔のアイデアを使いたいんや。せやけど、現実的に採算合わんもの押し込んだかってあかんやろ。赤字だしてすんまへんの模擬店やないんやから」

　大翔は表情を強ばらせて反論する。

「値段も確かに大事だけど、まずは味だろ。それがダメならなにも成功しない。ぜったい他には真似されない味だから生き残れんだよ」

「せやかてラーメンに１３００円払って客来る思うか？　パスタやラザニアやないんやで」

「１３００円出しても食べたいと思ってもらえるものを作ればいいんだって。最初から６８０円で作るって相場で物事を考えてたら同じものしかできねえじゃん。そんなんだったらやめたほうがいいよ」

「ゼロか１００かで考えなや」

このやりとりを聞いていた耕平が呟いた。

「この濃い味やったら半分くらいの量でええんとちゃう？」

暗い店内に３人の息が湿気を帯びて籠っていた。

「せやったら６８０円で売れへんかな？」

夢子は懐疑的だった。

「河内の人間にそないせこい商売通用する思うか⁉」

しかし大翔は思わぬ援軍に力を得た。

「いや、耕平君の言う通りだ。このラーメンをまるまる1杯食うのは確かにきつい。だったら半分で提供したほうがいいかもな。もっと食べたいひとには替え玉出せばいいんだし」

「そうか？　そんなもんなんか？」

夢子もなんだか矛を収めてしまった。

湿気で籠っていた空気は、心なしか霧が晴れたように軽くなっていた。大翔の顔に微笑がさした。

３人はこのラーメンに「come★comeそば」と名付けた。何度でも来てリピートして欲しい思いからだ。

次に取りかかったのは店舗の改装だった。華夢は18年間まったく店構えを変えていない。壁にも床にも年季の入った油染みがこびり付き、窓も桟も換気扇も頑固な汚れが付着していた。

「これ綺麗にするぐらいやったらほんまに移ったほうがええんとちがうか？」

以前自分が反対したくせに、夢子はいまになって移転案を持ち出した。耕平の同意を期待して。

ところが、

「なにゆうてんねん。ここでないとあかんやろ」

逆に耕平から却下された。

「なんでやねん？　あんたがゆうてたことやで」

しかし耕平はかつてと違った。

「おやじから華夢の名前もらった時点で、ここ以外ありえへんやろ」

夢子は笑った。

「あんたがそないファザコンやと思わんかったわ」

耕平の気持ちが嬉しかったのである。

だが、問題はこのばっちい店をどうリニューアルするかだが・・・。

大翔がふと思いついたように呟く。

「いっそ逆転の発想でいってみる？」

夢子が訊ねる。

「なんやの逆転の発想って？」

「ボロさを売りにするのさ」

耕平がピンときた。

「ああ、あれか、捨て材なんかを使って店作るっていう・・・」

「それよそれ！」

「廃墟か、お化け屋敷か、洞窟みたいにしてアトラクション感覚で食べてもらうっての」

夢子は思わず手を打った。

「それ、ありかもやな」

「ボロいと言っても、汚いのはと違うよ。清潔な廃墟を作りたいよな」

「たとえば？」

「そうだな、客席は整然と並んでなくてあちこち飛んであったり・・・」

「廃墟やからな」

「天井からフェイクの蔓《つる》や蝙蝠《こうもり》や蛇がぶら下がってたり・・・」

「ほんまのお化け屋敷や」

「ＢＧＭはモーツアルトの魔笛とか、マイケルジャクソンのスリラーなんかが流れてて・・・」

「ふつう、飲食店では流れんわな」

「店の照明は極限まで落として食べてる手元が見えないくらいだったり・・・」

「ラーメン屋の常識超えてんな」

「そんでもって俺たちはマント被ってバンパイアに仮装する・・・」

「あんた、ほんまおもろいこと考えんな。惚れるわ」

惚れる？　リップサービスだったにしても、大翔には心底嬉しかった。


大翔《ひろと》たちはさらに告知にも力を入れた。

come★comeそばの味を知ってもらうため、彼らは商店街の入り口、市役所の前、駅前、近隣の大学前など人通りの多い場所を選んで試食サンプルを渡した。

カップに少量のスープと少量の麺を入れて配った。少量とはいえ、パンチの効いたスープと麺だ。これを食したひとたちは、

「なんやこれ！　めっちゃ旨いやん」

「これほんまラーメンなんか！」

「なにいれとんねん！　こんなコクあるのはじめてや」

「いつから売んねん。行ったるで」

大絶賛だった。

大翔はおどけて言った。

「な、一般人にもウケいいだろ」

夢子は皮肉交じりにこう返した。

「なんやねんそれ！　うちらが一般人ちゃうみたいやん」

「一般人という定義では測りにくいよ、夢子たちは」

「どない意味やねん！」

「相馬家の人々はエッジたちすぎてるからね」

「もっと意味わからんわ！」

夢子は苦笑いした。


さらに大翔は、とんこつ魂のサービスに負けないサービスを展開した。

「試食したひとには全員これ渡して」

そう言って大翔が出してきたのは、引換券だった。

「なんやの、これ？」

夢子がそれを眺めると下に店内でチョコレートかコーヒー豆と交換いたしますと書いてある。

「あれ渡すんか？」

「余計な景品買うより経費抑えられるからね」

「調理具材を、食うひとにやるって変やなあ」

「なんも変なことないよ。客はよもやチョコと珈琲がcome★comeそばにブレンドされてるとは思わない。胃袋はわかってても客の目は違うものとして認識するさ」

サービスはこれに留まらない。大翔は開店からしばらく替え玉1個を無料にすると言った。

一杯の量を考えてのことだ。2玉で通常の1玉分のcome★comeそばでも、替え玉無料と言われればなんだか得した気分になる。本音は原価率から抑えざるを得なかった量を少しでも客に満足してもらう目先を変える作戦だったのであるが・・・。

が、さすがにこれだけ奮発すれば赤字がかさむ。

そこで大翔は出資を募った。大学の仲間に株主になってもらい、1口2千円で株を売った。無論正式な株ではない。商売ごっこの約束手形のようなものである。彼等には口数に応じて月2％の配当を約束した。1口なら月40円の配当である。夢子も大翔も同級生に手あたり次第株を売って回った。

その結果、大翔たちは30万2千円の出資金を集めた。

「どうにか見通し立つかな」

そんな経営感覚はゼロに等しい夢子は、

「せやけど、もろたわけとちゃうんやろ。預かり金なんやろ？　返せるんかいな？」

不安を口にした。

「定着するまではぎりぎりで飛行するしかないさ。商売ってそんなもんだろ？」

と言う大翔だって商売の経験がある訳ではない。

しかしこうしたぎりぎりの挑戦が華夢の逆転劇となっていく。


大翔の狙いは恐ろしいまでに当たった。

開店初日、華夢にはなんと２００人を超える客が殺到した。

座席数16席の店内は常に満席で、客は変わった店の造りに驚きの声を隠さなかった。

「ぜったいラーメン屋ちゃうやろ！」

「なんでこんなおもろい発想すんねん⁉」

「お化け屋敷にしたいんか、ラーメン屋にしたいんか、どっちやねん！」

どの声もワクワクしていた。

路地には行列ができ、この店始まって以来の光景となった。商店街のひとたちも華夢のこの逆転劇には目を見張った。

とんこつ魂も順調に客を集めていたが、華夢はそのとんこつ魂の客を奪い返すことに成功した。

客足は開店から1週間150人を割ることはなかった。厨房には大翔と耕平が入り、夢子が給仕に回ったが3人ではとても回せないので無理言って大学の友達にきてもらった。

「目が回りそうや」

夢子は泣き言半分、嬉しさ半分漏らしていた。

「大翔、これじゃ大学行けへんで」

「ここは我慢してくれ、夢子」

誰の店だか誰が店長だかもうわからない。

その傍ら、耕平は手を休めず麺を茹で、大翔の影に向かって囁くのであった。

「あんたのゆうとおりや。ほんま立て直せたわ。おおきにな大翔さん」

忙しさのあまり夢子たちはアルバイトを募ることにした。

すると、こんなユニークな店で働きたいとすぐに応募者があった。

一人は古着屋でアルバイトしていた名倉という男性。もう一人は美容学校を中退した咲羽《さわ》という若い女性。

夢子たちは名倉と咲羽をすぐに雇用した、こんな商店街に働きに来てくれるひとはそうそう見つからないからだ。

そこになんと、あの男も、

「俺も混ぜてえや」

二度と中華そばを作らないと言っておきながら、あまりの繁盛ぶりに勇作はじっとしていられなくなった。

夢子は皮肉交じりに言った。

「華夢《かむ》そばとちゃうで。come★comeそばやで」

「わかっとるわ、ぼけ」

助力を申し出ているくせにやっぱり喧嘩腰の父に、夢子は背を向けて笑いを堪えた。

どうやら、華夢は未踏の地に冒険者たちを招く不思議な力を持ち合わせていたようだ。

第5章「溺れる」

河内天美の商店街にふざけたおもろい店があると地元で口コミが広がり、師走に入ってからも華夢は想定を超える客を集めていた。

そんな順風満帆を喜ぶも束の間、夢子はある異変に気づく。店の売り上げは順調であるのに、あるはずのお金が銀行にないことに気づいた。

毎日の伝票チェックではミスは出ていない。売上金は当座、家の金庫にしまい、店の必要経費、名倉と咲羽の人件費、夢子たちの生活費に回し、残った金は週に一度耕平が銀行に預けることになっていた。

その残金を確認したところ口座にほとんどないことに夢子は気づいた。少なく見積っても預金は50万円あるはずだった。

閉店後、耕平を夢子は引っ捕まえた。

「ゼニどこやった?」

耕平は瞳を暫し泳がせた。

「なんのことや?」

「しらばっくれんな」

耕平はかつて家のゼニを持ち出した前科がある。夢子は犯人を耕平と決めてかかっていた。

「知らんよ」

「知らんわけないやろ。あんたが持っていたはずや。なにに使うた？」

定めし賭博にでも浪費していると夢子は思うが、耕平はこのひと月半店に縛り付けられほとんど外をほっつき歩いていない。

しかし夢子は耕平を追い詰める。

「馬か、ボートか、チャリか？」

「そんなん買いに行く暇あらへんかったやろ⁉」

「知っとるで、スマホでいくらでも買えるんや」

「俺16やで、買えるか、そんなもん」

「誰かに頼めば買える。ひょっとしておとんか、せやろ？」

「ちゃうわ」

「ほんならなんでゼニがなくなってん？　説明せえ！　あんたが最後やで触ったんは」

そこまで詰められついに耕平は観念した。

「実はな、他のひとに頼んだんや」

「やっぱりな。馬券か？」

「ちゃうちゃう。銀行行ってもらうのを他のひとにお願いしたんや」

「預金をか、誰に？」

「裕也さん」

裕也は名倉の下の名前である。

「なんで？　あんたが持って行くことになってたやろ？」

「うちで働いてるひとやん」

「アホ！　それだけはうちらで管理せなあかんやろ。最後に残ったゼニはうちらの分やで。ほんであんた確認したんか、名倉さんが入金してることを？」

耕平は気まずそうに首を小さく振った。

「坊やに任せたうちがアホやったわ」

夢子は名倉から事情を聞くが早いと思った。


翌朝。

名倉を夢子は待ち構えていた。

厚めのダウンジャケットにダメージジーンズ、両手をジーンズのポケット突っ込んでやって来た名倉を夢子は呼び止めた。

「名倉さん、ちょっとええかな？」

「なんですか？」

名倉は怪訝そうな顔を見せた。

夢子は単刀直入に聞いた。

「お金、耕平から銀行に預けるよう頼まれたんやってね？」

「はい。そうですけど・・・」

「いくら渡された？」

「確か30万でした」

「それ、入金してくれたんやね？」

「しましたよ！」

「ほんまやね」

名倉は声を荒げた。

「なんなんですか、急に!!」

名倉の頬が紅潮していく。寒さのせいではない。

夢子は酸っぱい唾液をつかえながら喉に通した。

「ないんや。銀行にあるはずの金が」

「ま、まさか俺を疑ってるんですか⁉」

「知らへんかな？」

「知りませんよ‼　俺は入金しとけって言われたからちゃんとしました。入金履歴見たんですか⁉」

名倉に言われて、夢子は「あっ」と声を出した。失念していた。残高だけしか見ていない。夢子はその場で口座をチェックしてみた。確かに入金履歴はあった。名倉の言ったとおり30万円が先週の金曜日に入金されていた。

だが、その後すぐに30万円と22万6千円が2度に渡って出金されている。それも入金した日と同じ日に。残金はたったの21円だった。

夢子は名倉に訊ねる。

「入金は確かにされてる。せやけど、その後誰かがほぼ全額引き出しとるわ。これ名倉さんとちゃうんやね？」

「あったりまえでしょ！」

怒りのあまり名倉は側にあった空の段ボール箱を蹴飛ばした。

彼の憤慨は芝居とも思えない。彼ではないのでは。それに、そんな足跡のつく馬鹿なマネをするなら初めから30万円を入金などしない。

「ほんならいったい誰や？」

夢子の呟きは名倉の怒りに掻き消された。

「俺、もう辞めます、ここ。こんな扱いされたのはじめてですよ」

「いや、名倉さん、待ってや。うちが悪かった」

「いえ、もういいです。こんなとこで働きたくない」

「待って待って。謝るさかい。変なことゆうたうちが全部悪い。かんにんやでかんにんにん」

しかし名倉はもうそれ以上なにも言わず出て行ってしまった。


「となると誰や？」

耕平が呟く。

姉に言わせんがためボールを投げた。その名前を口にしたくはなかったからである。

そこへ当の人物がひょうひょうと現れた。朝の仕事につく。

夢子はぶしつけに訊ねた。

「うちらが稼いだゼニ、どこに使うた？」

勇作は杓子を持つ手を一瞬止めた。

「なんのことや？」

「しらばっくれんな！　盗んだんはわかってんねん。どこやったんや？」

家の口座から金を引き出せるのは相馬家の３人だけである。耕平が名倉に入金させたならば耕平が引き出すのは不自然である。必要ならばわざわざ名倉に金を渡す必要がない。もちろん、夢子はこのことに関わっていない。ならば残るは勇作だけである。

彼の名義で作った預金口座である。彼が降ろすにはなんの問題もない。通帳も彼が持っている。だが、問題はそれをなにに使ったのかだ。

「博打か、それともええ歳こいて女か？」

夢子は皮肉を込めて父を詰った。

「なにをゆうてんのか、さっぱりわからん」

「ネタはあがってんねん」

刑事さながらだ。しかしネタはどれのことを言ってるのか。

「持ってたらはよ返さんかい」

「疑うんやったら俺を裸にして探してみんかい！」

「おとんの裸なんて、見とうもないわ！　ゼニ返せ！」

「親に向かってゼニ返せとはようもゆうたな！」

「親も子もあるかい！　盗みは犯罪じゃ！」

見かねて耕平が言った。

「店開ける時間が迫っとる、喧嘩は後や」

夢子と勇作はメンチを切りあって、互いの仕事についた。

仕込み作業を続ける勇作の背に、夢子は怒りとは違った不安を覚えた。


年が改まった。

商店街の店々は三が日、暖簾《のれん》の埃を門松の内に濯《そそ》いだ。

ライバルのとんこつ魂も三が日は休業すると耳にしたので、華夢も大晦日の晩から4日の朝まで店を閉めることにした。

大晦日、店を閉めた後、夢子は大翔《ひろと》と一緒に住吉さんに初詣に出かけた。

その帰り、年が明けた午前3時すぎ。駅前で、夢子は父らしき姿を見かけた。前方のバス停留所の脇辺りに勇作がいた。

父がバスに乗ることなどほとんどないし、そもそもこんな時刻にバスは走っていない。では、何故こんな場所に彼はいるのか?

するとそこへ1台のミニバンが停留所に入ってきた。勇作の立っている脇に車を停めた。街灯に照らされている黒いミニバンにはおそらく男が一人運転している。それ以外車の中は確認できない。ミニバンの後部スライドドアがゆっくりと開いた。そこへ勇作が乗り込む。ドアが閉じられる。エンジン音が夜の静寂《しじま》を揺るがす。

勇作が車から出て来た。ドアが閉まりミニバンは闇に消えた。痕跡を芥《あくた》に塗《まみ》れた排ガスと夜霧に融け込ますが如く。

前を行くのは紛れもなく勇作だった。勇作は急ぎ足で歩く。夢子と大翔は後れを取らぬよう後を追った。

元旦未明の人影疎らな商店街。勇作は足音を静め急ぐ。家に帰るなら次の角を曲がるはずだ。ところが、彼はその角を折れずにまっすぐ進み、向かった先はなんと、ライバル店のとんこつ魂だった。

とんこつ魂の前で勇作は携帯電話を取り出し誰かに電話をしている。

しばらくして隣の家屋から一人の男が出て来た。

この男、とんこつ魂に店舗を貸している家主だった。

勇作と家主が昵懇《じっこん》であるなど夢子は聞いたことがない。勇作は家主に招かれて裏口から忍び入る。夢子の不安は止めどなく募った。

「なあ、なんやと思う?」

夢子は大翔に訊ねる。

大翔は口ごもる。

「さあ・・・」

が、明らかに勇作の行動は怪しい。

すると、いきなり背後から声をかける者が・・・

「ここでなにをしている？」

振り返ると二人の男がそこに立っていた。

一人は背の高い細身の男で、もう一人が中肉中背の男だった。話しかけて来たのは中肉中背の方だった。

ついさっきまでの追っ手の気分だったのに二人は突如追われる立場に追い込まれた。

「なにも」

夢子はそう言うのが精一杯だった。

彼等の正体を知るのにさほどの時間は要しなかった。なぜならば彼等から正体を明かしてくれたからだ。

「警察の者だが、君たちここの家のひとかね？」

（警察？）

「違います」

「ならば何故ここにいるのかね？」

なにかを疑われている。ということはつまり、ここに居ることが法に触れるなにかと関わりを持つということだ。

それは同時に、父に迫る危機を否が応でも感じさせた。

元旦からこんな真夜中に仕事をせねばならない警察という存在を因果に感じつつ縁遠いものと考えたかった。彼等のいまの職務が自分の父と関係があるかもしれないわずかの可能性をも打ち消したかった。

「うちんちすぐそこです。ここにおったらおかしいですか？」

一転、夢子は自分たちの領域《テリトリー》に踏み込んで来たこの招かざる闖入者に嫌悪感を示した。

「あなた方こそ、なんの用ですか？　この家でなんかあったんですか？」

中肉中背の男が眉を顰めて夢子を制した。

「静かに。この家に関わりがないなら、帰りたまえ」

泥の中の魚を捕まえようとしている感じだった。

その時点で夢子たちは警察のマークから外れた。しかしそれは父に照準が絞られていることでもあった。

ここで「逃げろ！」と大声で叫べば父を救えるだろうか。勇作がこの中でなにをしているのかも夢子は知らないが。

夢子が考えている以上に、法の番人たちの行動は抜かりがなかった。この二人以外にも捜査に関係している者がいた。

勇作と混じってその行為を共にしていた囮《おとり》捜査官が居合わせたのである。彼は仲介人の勇作からその物を買うためこの密売の場に忍び込んでいた。勇作たちがその物を取り出し使用し始めたところを、仲間の警察官が彼の合図で踏み込み直ちに家主と勇作を捕縛した。

罪状は覚醒剤所持、使用及び譲渡《ゆずりわた》し譲受《ゆずりう》け。現行犯逮捕となった。


警察はこの麻薬ルートを以前から嗅ぎ付け、胴元の確定と譲渡し譲受けを請け負っていた勇作の行動をも捉えていた。

今夜、勇作の予定行動はすべて警察に把握されており見張られていた。

夢子と大翔の前を勇作が警察に捕縛され連行されて行く。

その手に掛かった鉄製の輪っかを見ても、夢子は何故父が彼等の厄介になったのかわからない。

さっきまで横にいた背の高い男と中肉中背の男の姿はなかった。勇作の身柄を横取りされて、夢子は呆然とするばかりだった。

いつの間に停めてあったのか大阪府警の車両がとんこつ魂の店舗前で不気味な赤い光を明滅させている。そこに勇作ととんこつ魂の家主が乱暴に押し込まれる。

「おとん！」

夢子は父の背に呼びかけた。

「なにしくさったんじゃ！」

勇作の横顔にはかつて自分と殴り合ったあの威勢はどこにも見られなかった。その代わりにやり切れぬうしろめたさのようなものが顕われていた。

勇作を乗せた警察車両が行き去る。

「アホんだらあ！」

息を潜めた商店街に夢子の声だけが残った。

大翔は黙って夢子の肩を抱き寄せた。その肩は寒さで震えている時より大きく揺れていた。


華夢は休業を余儀なくされた。

名倉が辞めた上、勇作が警察に厄介になり、人手不足もあるが、それより覚醒剤で逮捕された事件（近隣にも知れ渡っていたので）を重く見てしばらく謹慎すべきだとの大翔の意見だった。

シャッターに「誠に勝手ながらしばらくお休みします」と張り紙をした時、夢子は胸が痛んだ。と同時に父への抑え難い怒りを覚えた。

その間に勇作の処分が進行していた。覚醒剤所持、使用及び譲渡し譲受けの裏を完全取られていたこのケースは起訴に至り、勇作は留置場に勾留された。保釈金を払えば留置場から出してもらえるということであったが、提示された150万円という金額は夢子たちに到底払えるものではなかった。

勇作の裁判は華夢の休業の間に2回行われた。

初犯で本人が罪を認めて反省していることが考慮され、懲役1年6カ月執行猶予2年で収まった。これにより勇作は刑務所送りにはならず留置場から保釈されることになった。

覚醒剤から身を離し真っ当な生活したら罪はチャラにするというご沙汰である。

勇作が家に帰って来たのが節分2月3日。痩せていた体はさらに身を窶《やつ》し、ぼさぼさの白髪と無精髭は風体だけ見れば仙人のようだった。

無言で突っ立っている父を見て、夢子は怒りを抑えきれなかった。

「どあほうが！　どんだけ邪魔したら気が済むんじゃ！　金は使いこむ、シャブはする。ブタ箱には入れられる」

夢子は父の頬を思い切り殴った。

いつもなら喧嘩を買う勇作も、この時ばかりは娘に殴られるままだった。

「店つぶしたいんかい！」

勇作はなにも語らない。

そんな父を夢子はもう一発しばいた。

勇作は手を出さず黙ってうつむいたままだった。

「今度とゆう今度はゆるさへん！」

「・・・すまん、夢」

小声で勇作が呟いた。

「謝ったかてうちはゆるさへん！」

「ほんま、すまん・・・夢、耕平」

勇作が膝に手を当て頭を下げた。こんな父を夢子も耕平も見たことがなかった。

見かねて耕平が姉をなだめる。

「もうそのへんにしとけ、姉貴」

耕平も怒りは腹にあったがぐっと堪えた。

夢子は拳を握り締め、勇作に唾を飛ばした。

「ほんなら約束せえ。二度とシャブせんと」

「わかっとる」

「わかっとるとちゃうわ、約束せえゆうとんじゃ！」

「約束する」

「ほんまやな」

「ほんまや」

夢子は煮えたぎる怒りをどうにか抑えた。

「ええか、うちらの親はおとんだけなんや」

勇作は肩を落として娘の説教を聞いている。

「店とちごうて替えがきかんのや」

耕平は頷いている。

「おらんようになったら困るんや」

夢子は涙目で最後にこう呟いた。

「ブタ箱なんかおってくれんなや・・・いつか、いつか、うちの花嫁衣裳見てくれなイヤやで、なあおとん・・・」

勇作の目にも涙が浮かんでいた。


華夢はおよそひと月半ぶりに店を開けた。

勇作は痩せた体で厨房に立った。耕平は勇作の動きを注意して見ていた。薬物の後遺症で誤って釜にはまり込まれでもしたら一大事だからである。それに覚醒剤を断ってしばらくはまだ戻るリスクがある。

名倉の代わりの助っ人が見つかった。咲羽《さわ》が友達を誘ってくれたのである。助っ人は咲羽と同じ19歳で莉依紗《りいさ》と名乗った。

注文を付けるつもりはないが、莉依紗をはじめて見た時、夢子と耕平は顔を見合わせた。緑の巻髪と青のカラコン、紫の紅にパステルカラーのネイル、群青のスパイダーのタトゥー。明らか配色ミスの女の子だったからである。

中華そば屋の仕事が務まるのか、夢子たちは心配した。だが心配をよそにこの19歳は言った。

「こんなナリなんでよう間違われるんやけど、あたしおとなしめですから」

(どこがや!)

夢子はつっこみたかった。

だが、彼女の自己分析は強ち外れてはいなかった。言っては失礼だが莉依紗は見た目よりずっとまともだった。咲羽が教えることにひとつひとつ短めに「はい」と返事してきびきびと動いた。歳のわりに成熟していることを伺わせた。

休業明け再開を夢子たちは心配していた。以前のように客が来てくれるのか?

だが、こっちの心配も杞憂だった。

1週間も経たず華夢は元の客を取り戻していた。立ち止る時間すらない程忙しく、あの濃厚中華そば作りに追われた。

心配した勇作の薬物依存症の回帰も見られず、次第に元気を取り戻していた。

このタイミングで大翔《ひろと》はこんなことを言った。

「どうだろ、そろそろイメージ変えっか」

そう言うと、彼は抱えていた段ボール箱をテーブルに降ろした。

箱の中には星を投影するスタープロジェクターや大小様々な宇宙船の模型、ミラーボール、スターウォーズに出て来そうな不気味なフィギュア、他にもどこで集めて来たのか子供用の玩具《おもちゃ》などがごった返しで入っていた。

「なんやのこれは？」

夢子は気持ちの悪いフィギュアを手に取った。

「宇宙にある中華そば屋を作る」

「なんで宇宙やねん？」

「全然一致しないからいいんだよ」

「せやけど、気持ち悪いで、これは」

そう言って夢子は毛むくじゃらのフィギュアを箱に落とした。

「華夢は常識に囚われない。そこが売りなんだ。物珍しがってくれればそれでいい。いいかい、この店は内装を頻繁に変える。そうすることで巷説に登り集客を図るのが狙いだよ」

「来るんかいな、そんなコロコロ変えて」

「それが小さい店のいいとこさ。金かけて改装しなくても簡単に変えれるからね」

「そないなもんかいな」

「たとえ味に飽きても店の造りに飽きがこないのは客を引き留めるひとつの効果だよ」

「さよか」

夢子は半信半疑で箱の中の玩具を眺めた。


店を閉めてから彼らは改装に取りかかった。

スタープロジェクターを店内中央に設置し、その周りに客席を配置した。客席のテーブルにも星が描かれたクロスを掛け、蝙蝠《こうもり》の代わりにスペースシップを吊るし、蛇の代わりにミラーボールを、BGMはマイケルジャクソンからスターウォーズに変えて、制服はバンパイアのマントからホームセンターで買って来た作業服と長靴に銀のラッカースプレーでテカテカにコーティングし宇宙服を模した。そこに玩具のスペース銃と光るベルトを腰に巻き、やはり玩具のヘルメットを被ると手作り感一杯の宇宙戦士が出来上がった。

夢子は神妙な顔で訊ねた。

「これ、うちも着なあかんのか？」

「ったりまえだろ」

大翔に言われ夢子は顔を顰めた。

「俺もか？」

耕平が訊ねると、

「まさか、厨房は別さ。作業の妨げになる」

ほっと胸をなでおろした。

ただ、この二人は違った。

「このコスプレ、うけるう〜！」

咲羽《さわ》と莉依紗《りいさ》は大喜びだった。

宇宙服に袖を通し互いにスペース銃を撃ち合い戯れた。


宇宙の改装はまた当たった。

河内天美の面白い中華そば屋はやがて地元の膾炙《かいしゃ》から府内一円に広まっていった。

『とんでもないことやらかしよる店。せやけど味は絶品』

こんな文句がグルメ雑誌に踊った。

夢子は呟く。

「あの男、天才かもな」

大翔が聞いたらきっと大喜びする。

店は軌道に乗った。咲羽と莉依紗に加え、さらに従業員を増やしシフトも組めるようになった。夢子も大翔も大学を休まなくてもよくなった。耕平が店を切り盛りしたが、勇作も時々は手伝った。交代で休めるほどには人員は揃っていた。

そうして、いつの間にやら、夢子と大翔は2年生になった。

夢子の大学では落第がない。どんなに成績が悪くても学年は自動的にあがる。で、4年生で足踏みするのである。

どうやら夢子もそのパターンか。1年生の成績は散々だった。履修単位48単位に対して、修得できた単位は16単位。その16単位の科目もほとんどがC評価で、必修科目の経済原論と英語1、英語2、そしてフランス語2を落とした。再履修が決定している。成績指数のGPAは0.8で最下層グループにいた。

苦し紛れに彼女は、

「うちには経済の勉強は合《お》うてへん」

と自己弁護するが落とした語学は経済となにも関係ない。

成績不振の理由を敢えて探せば、彼女の元来の学力が低いことはあるにはある。しかも彼女は学校推薦で合格して受験勉強を経験していない。授業に着いて行くには中学高校時の復習を要した。だが彼女は怠った。

要するに彼女は勉強が嫌いだったのである。それをいまさらのように自覚した時、彼女は入学までの行きがかりとの自家撞着《じかどうちゃく》に背を向けたい羞恥を味わった。

一方、大翔は優秀だった。落とした科目はわずかに1つ。それも取っても取らなくてもよい分類の授業で彼は途中で見切りをつけた。評価は概ねAで、Bがちらほら散見される程度だった。GPAは3.6。経済学部のトップクラスの成績である。

大翔も授業に出られない日はあった。耕平の救済を試みて不良グループに散々な目に遭って入院した時。華夢の経営に力を貸して店に張り付いていた期間。

だが彼は出来る限り授業に出席した。予習復習も怠らず授業のノートをしっかり取った。

しかし夢子は違う。せっかく大翔が貸してくれたノートも見ず、予習復習もせず、なんの準備もせず授業に出た。そのうえ授業中に居眠りすることも多かった。当然理解できるはずがなく、ついていけなくなった。

夢子はぽつり呟いた。

「うち、大学辞めようかな」

こうした自棄《やけ》っぱちを大翔は許さなかった。

「バカ言うな！」

「せやかて、このままやったら卒業でけへんし」

店の売り上げは益々伸びていた。しかし夢子はその金を自分の不甲斐ない学業に費やすことに小さくもない抵抗を覚えていた。

「うちやっぱり辞めるわ、ゼニもったいない」

意地っ張りなところは父親譲りか。

「問題すり替えんなよ！　まじめに勉強しなかっただけだろ。学費の問題とちがうぜ」

実は、大翔には夢子を引き止める理由があった。

「約束したろ、卒業したら結婚するって」

それは大翔から言いだした約束だった。

二人卒業後、きちんとした会社に入り結婚しても勤めを続けようと誓いあった。例え店の経営が傾いたとしても、二人の収入が安定していれば家族を支えてやれる。そのためには大学をどうあっても卒業しなければならない、大翔はそう考えていた。

夢子もその約束を忘れた訳ではないが、彼女には辞める理由がもう一つあった。

「状況が変わったんや。続けられん事情ができてしもうたんや」

夢子の呟きを、大翔は往生際の悪い言い訳と断じた。

「どんな事情だよ？　言ってみろよ」

夢子はさらに声を萎《しぼ》めて呟いた。

「ややこや」

「えっ？　なに聞こえない」

大翔は彼女の呟きを拾えない。

「ややこができたんや」

「ややこ？」

横浜生まれの大翔にその方言は通じない。

「なに、ややこって？」

「赤ん坊や」

大翔の顔が曇った。

「う、うそだろ？」

「ほんまや。ほんまやで、しかもあんたの赤ん坊やで」

まったく身に覚えがない、ともいえない。

しかし、よもやあの一件がそうならば不運としか言いようがない。

それはバレンタインデーの2月14日のことである。切れ目のない客を応対し多忙な一日を終え、疲れ果てていたものの、せっかくなので夢子は店を閉めた後、近くの酒屋で少し高めのワインを買った。それをチョコに準《なぞら》えて勇作と耕平、そして大翔にプレゼントするために。耕平も大翔も、プレゼントする当人も飲酒できない年齢だがそんなことはお構いなしだった。

4人は静まった店内でワインの栓を飛ばした。疲れた体に酔いはすぐさま浸透した。4人は酔いしれた。耕平はつぶれ、勇作は眠った。夢子と大翔も千鳥足になった。

酔った大翔はそのまま夢子の部屋に転がった。夢子も荒い息で大の字で仰臥した。二人は泥酔しクラッシュした。

しばらくして大翔が目を覚ましおもむろに夢子に抱きついた。夢子も目を覚ましたが大翔をはねつけもせず流れに任せ痺れた体を彼に預けた。

言いはしないがパパ活で彼女には免疫ができている。男の情欲の受け止め方を彼女は知っている。大翔はそれに乗った。

だが、いけなかったのは夢子も大翔も避妊していれば子供はぜったいにできないと過信していたことだ。

性交を終えた後、大翔は装着していたモノの圧が緩むのを感じた。ゆっくり引き抜いて見るとわずかに避妊具の先が裂けている。

（やべ。大丈夫かな、いやこれくらいなら大丈夫だろ・・・）

不安を隠し夢子には黙っておいた。

それから幾日か後、夢子に不自然な出血があった。いつもとは違う熱っぽさと怠さもあった。もしやと思っていると、次に胃に不快感を覚え、吐き気を催すようになった。

さすがに心配になり夢子はこっそりと妊娠検査薬を手に入れた。検査薬に尿をかけてみると心配が的中してしまい陽性を示す線が浮き出た。

ここに至って夢子はようやく大翔の失敗を悟った。あの時の酔いに任せた性交だと思った。

そこから計算すると妊娠8週目のはずだった。夢子のお腹には3頭身の豆粒ほどの胎児が宿っている。

「うちらの赤ん坊やで」

あんたの赤ん坊から言い換えた。責任は共にある。

夢子は問う。

「続けられる思うか？」

大翔には返せる言葉がなかった。

「わかったやろ。でけへんねん。成績とは関係ないねん」

大翔が呟く。

「まじ生むんか?」

若さだろう。そう触れざるを得なかった。

「うちに降ろせゆうんか?」

夢子の落ち着いた顔を見て、大翔は彼女がここまでのシミュレーションをすでにできていたのだと悟った。

「そうは言ってない。けど、俺ら19だぜ」

「19やからどやゆうねん? 19には育てられへんゆうんか? それともまだ覚悟できてへんってことか?」

そこも彼女は想定内だったらしく、大翔のような気持ちの澱みがない。

(夢子、おまえにはできているのか?)

そこまで上がって来た言葉を喉に押し戻して、大翔は自分を主文に切り替えた。

「俺に覚悟できてるわけないだろ。いま聞いたんだぜ」

潔く兜を脱ぐより他なかった。

「おいそれと、そうですか、わかりました、ってならないよ」

「せやから降ろせってか？」

夢子はどうしてもそれを大翔に言わせたいのか。

「だからそうじゃないって」

「ほんなら、うちに赤ん坊抱いて授業受けろってか？」

この段になってようやく大翔は気づいた。大学を辞めてよい、と言えば彼女が引っ込むことを。

しかし彼が言ったのは、

「わかった。俺も大学辞める」

夢子の想定と違っていた。

「な、なんやて」

これは彼女のシミュレーションにはなかった。

「アホいいな！」

二人が交わした卒業後の約束は、この時点で滲んだ過去に帰してしまった。

大翔は大学を辞めると言い張り譲らなかった。

こうなれば立場は逆転し夢子が説得するあべこべの展開になった。しかし大翔は翻意を見せなかった。

「うち、大学辞めるから」

夢子が勇作と耕平に打ち明けたのは、大翔に告げた日からおよそひと月遅れだった。

妊娠の兆候が露わになり隠しきれないと思ったのがその頃だった訳であるが、ひとつには父に打ち明けるのが怖かったことも遅れた理由だった。

学校に行く気配のない娘に、勇作は1年前とは隔たった学問への矯正された理解があった。いまなら娘に大学を卒業してもらいたいと彼は言うだろう。

それがよもや娘からの退学宣言。勇作は仕込みの手を止めて、夢子に聞き直した。

「いまなんてゆうた?」

夢子は着火前の父の予兆をありありと感じた。言葉を選ぼうと一瞬考えたが、どう言い換えたところでこの後加えなければならない理由を考えると、なんのごまかしも利かぬと思った。

「大学辞める」

「なんでやねん?」

理由を訊ねたのは耕平のほうが早かった。

勇作も同じことを血走る眼で問いかけた。

「ややこができてん」

言ってしまった。

「大翔さんのか？」

それも耕平が先だった。

夢子は頷く。

「商売は隙ないくせに、セックスは隙だらけやな」

そう茶化してくれる耕平が有り難かった。勇作を伺うと怖い顔して仕込みを続けている。

「おとん、ええやろ、辞めても？」

これはあの時と同じだ。大学入学を強引に認めさせようとした時と。それがいまは逆になっている。

しかしあの時と違って勇作は一言も発しなかった。それが却って不気味だ。

耕平が片手を振って、あかんあかんとジェスチャーしている。

まさに嵐の前の静けさ、だった。

那賀塚大翔《ながづかひろと》の蒼い正義感は彼自身を滅ぼすかもしれない。耕平を不良グループから助けようとした義侠心も覚束無いものであったが、この度もなお覚束無かった。

大翔は夢子が産婦人科に検診に出かけている間、「大事な話があります」と勇作に切り出し、開口一番、「子供ができました。自分の責任です」と言った後、深々と頭を下げた。

続けて、夢子の学業を中断させた罪を自分も一緒に償う、自分はここで住み込みで働くつもりだ、大学を辞めても二人して華夢の営業を支えたい、華夢が完全に軌道に乗るまでは逃げない、それまでここに居候させて欲しい、でもその後はここを出て、自分がきちんとした仕事について、夢子と子供を養う、子供は自分たちの手で育てる、親の支援は受けない、法的な入籍は退学手続きが済んだ後、速やかに行いたい、そして最後にもう一度これは自分の責任だから、と一気に喋ってもう一度頭を深々下げた。

直後、皮ばかりの拳が大翔の頭の上に降ってきた。眼を引ん剝いて大翔は床に手をついた。

「そんな責任の取り方があるか、ボケ！」

這いつくばった大翔を勇作は睥睨《へいげい》した。

大翔は怯える眼で勇作を見上げた。

彼が描いていた展開はこうではなかった。

(そこまで覚悟してるんなら、すきにせえ)

こんなセリフを勝手に期待していた。

「辞めればええんか⁉　大学辞めればおまえ、責任取ったと思とるんか？」

また勇作は上から大翔を殴りつけた。

「俺は許さんで！　おまえらが辞めるんは。ガキ作っといて辞めますってなんやねん。あっほか、そんなん責任取ったんとちゃうわ！」

もう一発殴ろうとしたところで耕平に止められた。

「やめろ、おやじ。またブタ箱入れられんぞ」

「かまうか。この甘ったれぶっ殺したる」

「もうええ。十分や」

耕平に羽交い締めされてもなお、勇作は大翔に届かぬ空蹴りを繰り出していた。

「こんなボロっちい店におまえら縛り付けるために商売やってきたんとちゃうわ！　ガキが出来たから辞めるやと。簡単に言うな。責任取るんやったらな、夢に大学続けさせせんかい。意地でも続けさせせんかい。おまえもじゃ！　河内の中華そば屋を、なめんなよ！」

勇作は耕平の手を振り払って出て行ってしまった。

最後の啖呵《たんか》は自尊心なのか、自虐なのか、訓戒なのか。残された耕平と大翔は気まずそうに互いに眼を合わせた。

耕平が呟く。

「胸くそわる。こんなボロっちい店ゆわれる始末や」

大翔は鼻先に滴る血を掌で拭った。赤く黒ずんだ掌が自分を冷笑しているように思えた。

そんなボロっちい自分に耕平が投げた言葉は、

「河内の中華そば屋なめんなよ」

勇作と同じ捨てゼリフだった。

耕平も怒って出て行ってしまった。

最後に一人残された大翔はリフレインする二人の捨てゼリフを後味悪く耳に残していた。

大翔が呟く。

（ちくしょう、浜っ子、なめんなよ・・・）

リフレインして彼のもろいナルシシズムを傷つけた。


やるせなく大翔《はまっこ》は一旦実家の横浜に帰省した。

以前から夢子との交際を母親にだけは話していた。学生の交際に母親は特段なにも口にしなかった。学生時代の付き合いなどどうせ長く続くものでもあるまいと母は思っていたのだ。

ところが、息子は帰って来るなり、

「彼女に子供ができた」

と言う。

母は驚いてなにを訊ねていいのかわからない。

「大翔、お、おまえ・・・」

次の言葉が出て来ない。

「大学辞めて彼女と暮らす。もう決めたから。払ってくれた学費は働いて必ず返す。それまで借りにしといて。大丈夫、退学手続きはもう取ってるから次の学費請求は来ない。それから、俺の荷物は全部捨てていいよ。子供が生まれたらいっぺん顔出す。それまでは帰って来ない。親父にはお袋から言っといて。会えば喧嘩になるしな」

取りつく島もない。

呼び止める母を振り切って、大翔は帰省してわずか30分もたたず家を出て行った。


仕事を終え帰宅した父に母は仔細、といっても短時間の一方的な息子の話を報告した。

「あなた、どうしましょう?」

途方にくれる母を父は睨みつけて言った。

「ほっとけ」

自分を聾桟敷《つんぼさじき》にしたうえ、身勝手な行動を犯した息子への怒りが心頭に発していた。息子がここに居合わせたら「勘当だ」と怒鳴っただろう。

しかし大翔は帰る場所を持った訳ではない。勇作はまだ大翔を許していない。下宿は引き払った。でも夢子の家に寄宿させてもらう訳にはいかない。

そこで大翔は自分の想いを愚かな示威行動によって知らしめようと思った。

夏の最中《さなか》、夢子の家の玄関前に座り込み、『不撓不屈《ふとうふくつ》』と描いたTシャツとはちまきを身に纏い、手には『相馬夢子と結婚させてください！』と書かれたホワイトボードを持っていた。勇作の許しが出るまで動かないつもりだった。

これを見た勇作は、

「あんな無駄な根性見せるんなら、なんで大学続けんかったんや？」

夢子も、

「うちにもようわからんわ」

大翔の奇行に実のところ閉口していた。

吐き捨てるように勇作は呟いた。

「死ぬまでやっとれって感じや」

関わるつもりは毛頭なかった。

夢子は父と大翔の間でどうしていいかわからなかった。

が、さすがにこんなバカげた行動が3日も続いた時、夢子のほうが切れた。

「いったい誰のためにやっとんねん？」

大翔は疲れた目で夢子を見た。

「うちのためか？　この子のためか？　それともテメエのためか？」

大翔はなにも答えない。

「どれもな、そんなもん、うちらのためになんか、なるかい・・・」

夢子の声が途切れた。様子がおかしい。

「お、おい夢子、どうした？」

心配してふらふら立ち上がる大翔。

二人の視点が噛み合わず、崩れ落ちる夢子。

「ゆ、夢子！」

大翔は慌てて夢子を抱きとめた。


ヒートストローク、いわゆる熱中症だった。

猛暑の中、大翔を心配して妊婦の夢子も外に長く居すぎたのだ。

幸い赤子は無事だったが、あんなことを続けていれば胎児だけでなく父母の体にも大変危険だったと医者は忠告した。医者は脱水症状を引き起こしている夢子をその場で入院させた。

医者が立ち去った後、大翔は夢子の手を握り言った。

「すまん。俺のせいだ」

夢子はぼやける視界を少し広げて言った。

「せや、あんたらのせいや」

後ろに立つ父にも険しい一瞥を呉れた。勇作は憮然としている。

夢子が大翔に言った。

「もうやめや。あんなアホなこと」

大翔は頷く他なかった。

そして続けて父に向けて、

「おとん！」

勇作はなにも語らない。

「うちら結婚するで。ほんで大翔とこの子育てるで。ええやろ？」

夢子はお腹をさすりながら父に承諾を迫った。

勇作は相変わらず憮然としたままだったが、しかし縮れた白眉を持ち上げて、

「好きにせえ。俺は知らん」

と無愛想に呟いた。

夢子はこれに乗じて、

「好きにするわ。おおきに」

畳み掛けて笑みを零した。

そして今度は大翔に、

「そうと決まればこんなとこで油を売っててんと、はよ戻って中華そば拵えてこんかいな！」

檄を飛ばした。

頷く大翔の瞳に涙が滲《にじ》んでいた。

第7章「四つ辻の向こう」

安定期に入り夢子は20歳を迎えた。

安定期と言えば華夢も順調に売り上げを伸ばしている。そこに店内で陣頭指揮を執る大翔の姿もあった。耕平と勇作は狭い厨房をせわしなく行き来し、咲羽と莉依紗はご機嫌で宇宙服に袖を通している。

万事が順調だった。


この間に、大翔は横浜に帰ることにした。

夢子に相談すると、

「ここはうちらに任せとき。きちんと謝ってくるんやで」

前回は後足で砂をかけて帰ってきたと聞いていたので、夢子は大翔の両親にすまない気持ちでいた。それは自分の責任でもあったように思う。

「うちも行って詫びたいけど、店とややこのことあるさかいな。うちの分も頼むで」

そう言われると大翔は肩身が狭かった。自分の親のことで夢子に気を揉ませたくはない。

「わかってるよ」

夢子の手を取った。

「親父とおふくろに了解もらってくるよ。大丈夫。心配ないから」

握ってくれている大翔の手のぬくもりを感じつつ、でも夢子は会ったことのない大翔の両親への不安を打ち消せなかった。

一方の大翔も不安を抱えていた。子供を作って、大学を辞めて、自分たちの要求だけを飲ませて、好きなようにやって行きますでは勇作にも自分の親にも申し訳が立たぬ。親だけでなく夢子と生まれてくる子供をも不幸にする。

大翔はいくつもの間違えて来た手順を反省し、やり直しのきく部分はやり直したいと思った。そこに自分の両親へのお詫びがまず先にあった。帰省はそれがためである。


父親に殴られること覚悟で戻った実家だったが、大翔は父の予想外の態度に戸惑った。

まるで地元の学校から帰って来た息子を迎えるかのように、父は穏やかに「お帰り」と笑顔だった。むしろ大翔は警戒を強めた。

帰ってくるなり、父から「飲むか」とビールを勧められた。

「母さんも、ほら一緒にどうだ?」

久方ぶりに3人で晩餐の卓を囲んだ。

「こんなに早く孫の顔が見れるとはな、母さん」

酔いのせいとも思えぬ父の上機嫌を、大翔はどうしても気味悪く眺めざるを得なかった。

どこで「ごめん」と言おうか迷っていると、

「近々大阪にご挨拶に行こう」

父が突然言い出した。

大翔は慌てた。あの頑固者の勇作と自分の父が会えば、夢子との結婚もご破算になるかもしれない。

大翔は父の拙速な行動を諌めた。

しかし父は、

「いや、俺は行く。息子の不始末を詫びなければならん」

やっぱり許してもらってなかったのだと悟った。こっちのほうが殴られるよりつらい。

「おまえたちを祝福してやりたいからな。俺が頭を下げる」

間違えた手順に父を巻き込んでしまったことを悔いた。

「父さん、ごめん」

大翔にはそうしか言えなかった。

後日、勇作の前に出た大翔の父は、大翔がこれまで見たこともない畏《かしこ》まった態度で、

「申し訳ございませんでした」

不祥事を起した社長の謝罪を彷彿させた。

「せがれの愚かな行動によって、大事な娘さんに大学を辞めさせてしまう結果になりまして。本当に申し訳ございませんでした」

もう一度深く頭を下げた。一緒に頭を低く並べる母親の姿も映り、大翔は身を摘まされる念《おも》いだった。居たたまれなくなり、大翔は父の横に駆け寄り、勇作に対して深く頭を下げた。

「堪忍してくれ那賀塚さん。そないなもん、あんたとこの罪やない」

勇作も大翔の父と同じほどに頭を降ろして、手をあおいだ。

「誰の罪でもない。こいつらが決めたことや。ええ加減大人やで二人とも。せやさかい、もう親の出る幕やない。さ、さ、頭上げなはれ。こっちもきまり悪い」

そう言うと勇作はぎこちなく笑った。

それでもまだ頭を上げない大翔の父に勇作は、

「なんぞええもん落ちてまっか？　うちの床には油ジミくらいしかありまへんで」

頭を上げた大翔の父は表情を緩めて、

「いいにおいですね。ここのラーメン食べさせてもらってもいいですか？」

と言った。

勇作はすかさず、

「ラーメンちゃいまんねん。中華そばでんねん」

このこだわりは一生続きそうだ。大翔も顔を上げて笑った。

しかし、この顔会わせは以降の段取りを軽やかなものへと変えて行った。


時は水無月。旧暦6月。

ジューンブライドと言われるくらいこの季節に式を挙げるカップルは幸せになれると言うが、夢子と大翔は、式は子供が生まれてからにしようと決めた。先に法的な婚姻を終えて、年が改まってから1月に結婚式を挙げることにした。子供は11月に誕生する予定だった。


小雨が降る中、夢子と大翔は市役所に婚姻届を出しに行った。天候は雨だったが、これで晴れて二人は夫婦になった。

そこで夢子は驚くべき真実を知ることになる。

婚姻届を出す際に戸籍謄本も一緒に提出する。夢子は生まれて初めて自分の戸籍謄本というものを見た。そこに記載されていた両親の名前を見て夢子は役所のひとが他人のものと取り違えたと思った。父親に劉泰明という見知らぬ名前、母親は劉麗美。自分の元の名は劉夢子。しかし頭の氏名は相馬夢子。これは確かに自分の戸籍謄本だった。

(うそやろ!)

声を上げそうになった。しかし側に居る大翔に気づかれまいと驚きを飲み込んだ。書類を黙って伏せた。

(どうゆうことや?)

心の中で叫んでみた。

「お、お手洗い行ってくるわ」

心の整理をつけたかったのでその場を離れた。

大翔は婚姻届にボールペンを走らせている。

カビ臭い女子トイレに夢子はそれを持ち込んだ。

どうにか理解できたのは、自分が相馬勇作と相馬伊久子のもとに養子として拾われたことである。相馬に改名されているのが19年前、夢子が1歳になったばかりの時。そこでなにがあったのか、劉という姓の両親から何故自分が勇作と伊久子の元に引き取られたのか。機械的な手続きで手にした薄っぺらい紙からはそれ以上判別できなかった。

もうひとつ明らかになったことは自分の元の国籍は中国であること、養子縁組で日本国籍を得ているが元は中国人だった。姓からもそれは容易に想像できたが。

するると耕平は？　耕平どうなのか？　彼とは実の姉弟ではないのか？　それを知るには、彼の戸籍を必要とするが、夢子がここで手に入れることはできないし、いまはそれどころではない。

トイレから出て、妙に照明がうるさく感じられるフロアへ戻ると、すでに大翔が自分の書ける箇所を埋め終えて、為すことがなく壁に貼ってある人権啓蒙ポスターをぼんやり眺めていた。

「どうしたの？　体調でも悪い？」

長い用足しだと思った大翔は夢子を気遣った。

「い、いやなんもあらへんで」

「そう、ならいいけど」

（いまゆう必要ない）

自分にそう言い聞かせた。

夢子は婚姻届の『妻になる人の欄』を書き終えた。

そこには案じていた夢子の出自を明かす箇所はなかった。胸を撫で下ろした。持って来た相馬の印鑑を押した。

これに二人の戸籍謄本を添えて婚姻届を提出すれば夢子と大翔は晴れて法律上の夫婦となる。

大翔が検分することなどなく、夢子の戸籍謄本は無事関所を越えた。

大翔がいきなり夢子の手を取った。

(気づかれた?)

夢子は動揺した。しかしそれは心配していたようなことではなかった。

「よろしくな、那賀塚夢子《ながづかゆめこ》」

大翔らしい。

夢子はこうした彼の芝居がかったされど情動的な行動が嫌いではなかった。


傘を並べて歩く夫になったそのひとに、夢子は出自を隠して届を出してしまったことに後ろめたい気持ちだった。

しかし次にはその気持ちが真相を知るだろう人物のところへ馳せていく。

帰宅して、夢子は真っ先に勇作をつかまえた。周りを憚って勇作を外に連れ出した。

夢子は回りくどいことが嫌いだ。勇作はくどくど説明するのが苦手だ。共通するのは、二人ともせっかちで気が短い。この二人が血縁上本当の親子でないとすると、似通った部分は一緒に暮らしてきた時間のせいか。

その二人が話をすればだいたい喧嘩になる。

夢子はストレートに問うた。

「なんでうち、おとんの養子になったんや?」

勇作はコーヒーカップで顔を隠した。

話したくないらしい。

「なあ、おとん」

「知らん」

「知らんことないやろ⁉ 見たで役所で」

戸籍を見られれば一発でわかることだ。しかし勇作は口を割らない。

「うちは中国人なんか?」

「知らんちゅうとんねん」

「ほんなら、劉夢子って誰や⁉」

勇作は苛ついてコーヒーをがぶ飲みした。

「うっとおしいの、おまえは俺の子じゃ」

「答えになっとらん」

「もうええか。俺帰んで」

勇作が腰を上げかけたところ夢子は彼の肩を押さえた。

「待たんかい！」

夢子が勇作を睨みつける。

「なんで養子になったんか聞いとるんじゃ」

「覚えとらん」

「んなわけないやろ。こんな大事なこと」

勇作がそわそわし始める。

「うちの生みの親は劉なんとかっちゅうやつやろ。もう隠さんと話してくれんかい。うちは知りたいねん、なんで自分がおとんの子供になったんかを」

「知ってどないすんねん」

「自分のことやで、知る権利あるやろ！」

「うっさいの！　おまえは俺の子じゃい、それ以外なんもあるかい」

「わからんやっちゃな」

「どっちがじゃ」

「このくそおやじ！」

やはり喧嘩になった。互いにこの気の短さでは仕方がない。

だが、突然夢子が崩れるように腰を落とした。

勇作は慌てた。

「お、おい、夢。どないした⁉」

うつむく彼女の顔から血の気が引いていた。

「あかん。病院いこ」

すると夢子が勇作の袖をつかむ。

「ただのめまいや。心配いらん」

「せ、せやかて、おまえ」

夢子は首を振ってそこから離れなかった。


勇作は夢子のそばで膝を折って娘を心配する。会えば喧嘩ばっかりで、娘にも容赦なく拳を振り上げる父だったのに、子を孕《はら》むとこうも変わるかと夢子は内心おかしかった。

だが、夢子はこれを利用した。

「教えてくれるまで、うちここ動かん」

勇作は困ってしまった。早く夢子を家に連れて帰りたい。しかしそれには自分がすべてを明かさなければならないことを覚悟した。

「わかった」

勇作は呟いた。父の沈鬱な面差しに夢子も覚悟した。

そうして勇作は語りだした。20年前の話を。


「お隣さんやった。ここへ来る前の長屋のな」

それが夢子の本当の両親（中国人）と勇作、伊久子との出会いだったらしい。

「おまえを産んだ母ちゃんはまもなくおらんようになった。劉が言うには国に帰ったちゅうことやったが、後にわかったんは病死や。けどなほんまのところは劉泰明が妻、おまえの母ちゃんを殺したんや」

「殺した⁉」

「せや。どうやら借金返すのに妻に掛けてた保険金を当てにしよったみたいやな」

雨はまだやまない。雨音が勇作の声をところどころ掻き消したが、夢子は聞き漏らすまいと耳をそばだてた。

「1歳になるおまえを劉が面倒みてたけど、あいつ家におらんことが多うてな。不憫やゆうて伊久子が留守中うちで預かったんや」

「お母ちゃんが・・・」

夢子にはお母ちゃんは伊久子しかいない。

「まだ伊久子が商売始める前やったんでな」

「華夢が生まれる前・・・」

「せや。そのうち劉の不在はほぼ毎日になってな。ある日、警察が来て、俺らに劉のことを事細かに聞いてくるやないか」

「容疑者か、妻殺しの・・・」

頷く勇作。

「トリカブトの根を混ぜてたらしいわ、食事に」

「昔から中国で使われてたって聞いたことある」

「劉はすぐに見つかり牢屋にぶち込まれて二度と娑婆には出られんかった」

「死刑なったんか？」

勇作は首を振る。

「獄死や」

夢子は、覚えてもいない親の死を聞かされて哀しくもなんともなかったが、血のつながる実父実母がもはやいないことを知り戸惑いとも言えぬ困惑を覚えた。

夢子の狼狽を引き取るかのように勇作は言った。

「孤児になったおまえは、中国の劉の家族に引き取られるはずやったんやが、実父の家も実母の家も孫などおらんと引き取りを拒んだんや。結婚したことも知らせてなかったみたいやな、両方とも」

「みなしごか・・・」

夢子は呟く。

「せや。そうなるとおまえは孤児院に預けられてまう。それじゃあんまりに可哀相や。どないも我慢ならんかったんで、俺らが育てますゆうてな、役所に申し出たんや。もう実の子同然やったしな」

「でも、実の子やない」

こんな突っ込みを入れる気はなかったのだが、夢子には不思議と自分の境遇を嘆く気持ちがまったくなかった。だから、却って勇作を困らせてみたいと思ったのだ。

「何度もゆわせんな、夢、おまえは俺と伊久子の子や。どこで生まれたかなんか関係あらへん！　おまえは俺の子なんじゃい！」

こうした父の力任せの弁は、筋立った論調より夢子にはずっと心に響いた。

「耕平は？」

ここまで聞けば見当はついていたが、夢子は弟と称して来た彼との関係を確かめておきたかった。

「おまえの弟や。それ以外ないわい！」

それでよい。夢子は納得した。それ以上訊ねなかった。

自分の父は相馬勇作、母は相馬伊久子、弟は相馬耕平、夫は那賀塚大翔。うちは那賀塚夢子。

そうゆうことである。


猛暑が続いていた。

こうも暑いと冷麺をメニューに加えたほうがいいのではと夢子が言うと、大翔は一言、

「いらない」

と退けた。

夢子は仏頂面で、

「さよか」

と引っ込んだ。

店の経営責任は最終的に大翔に任せていたからだ。

なぜなら、炎天下でもここまで売れる店にしたのは大翔だ。冷麺などに頼らずとも華夢は十分に稼げていた。

いまや華夢はメディアにも取り上げられる地元ではちょっとした有名店になっている。時折、テレビ局から取材の申し入れがあったり、雑誌や食のウェブにも頻繁に取り上げられた。

そのおかげで全国から噂を聞きつけて食べに来るお客さんも後を絶たなかった。1杯の中華そばを食

べるのに店前では長い行列が常にできていた。

これには地元のお客さんも閉口し、「もううちらの華夢やないな」と皮肉った。

大翔は悩んだ末に、

「そろそろ別の場所に出店しようか」

と提案した。

だが、この男は反対した。

「俺は移らんで」

勇作は伊久子が作ったこの店から離れるのが嫌だったのである。

すると大翔は笑って、

「お父さん違いますよ。移転じゃなくて、出店です」

耕平が察して、

「もう1店舗増やそ、そうゆうてはるんや大翔さんは」

それでも勇作は、

「あほ抜かせ、こんなけったいな店2つもいるかい」

と渋るので、耕平が父を叱咤する。

「おやじは一生ここに張り付いてろ。俺らで作るんやさかい文句いいな！」

大翔が言う。

「ちょっとお金をかけて趣向を変えた店を作りたいんですよ。もちろん本店はずっとここです。お父さんはこの店を、そして新店を耕平君が回してくれるとありがたいんですが・・・どうでしょう?」

夢子が言った。

「そないなもん、大翔の思うたとおりやればええんや。おとん、ええか、おとんは大翔の雇われ人なんやで。この店は大翔が立て直したんや。大翔がオーナーなんや。黙ってゆうこと聞き!」

地権は勇作にあるのだが経営権は大翔に譲渡したものと夢子は考えている。だから自分の夫がオーナーなんだと。

勇作はそんなことどうでもよかった。ここで麺を茹でて夢子たちと暮らせればそれだけでよかった。だから彼は憮然としたままなにも語らなかった。

夢子が大翔に問う。

「どこに作ろ思てんねや?」

「うん、大学のそばにね」

「H大学のかいな」

「そう」

「あのあたりは住宅街やで。学生さんは大学構内の食堂でメシ食うんとちゃうか?　勝算あるんか?」

「もちろん。むしろキャンパスに籠もってくれているからこそビジネスチャンスがあるんだよ。競合店少ないからね」

「かつ丼屋くらいやもんな、昔からあんの」

「それに聞いた話ではあの大学、最先端の学部とでっかい校舎できてめっちゃ人気上がってるらしい」

「そうなんか、なら店出す価値ありそうやな」

そうして大翔たちはH大学の前の空き店舗を買い取ってそこに店を構えることにした。2号店は本店の2倍ほどの広さだった。同時にアルバイトも募集した。いまや有名となった華夢にはあちこちから応募が殺到した。万時うまく進んだ。

「なんや、わくわくしてくんな」

夢子は新店の準備が着々と進むことと、自分のお腹の赤ん坊が日々成長していくことに明るい未来を予想した。


H大学の夏休みが終わるのを待って2号店がオープンした。

造りは本店と趣向を変えて海賊船を模した。大翔はここには改装費用を掛けた。

外壁からは大砲が並び顔を覗かせ数十分おきに号砲を発した。屋根にはドクロの入った帆を揚げて、マストのてっぺんには海賊の人形を登らせた。店内に入るとどこかの映画でよく耳にした海賊のテーマ曲が流れていて、暗い店内には各テーブルにドクロが置かれその中でほのかな明かりが灯っていた。アルバイト従業員にはカリビアンの朽ちた海賊の衣装を着たイケメンを並べ、彼等が胴間声を響かせ中華そばを運んだ。

夢子は大きなお腹を揺らしながら言った。

「あんたよう次から次へと考えんなあ」

大翔は得意げに、

「2号店を旗艦店にしたいんでね」

勇作が聞いたら怒るだろうか。

「旗艦店ってなんや？」

夢子は知らない。

「稼ぎ頭ってこと」

「なるほどな」

夢子は納得した。きっと2号店のほうが稼ぐだろう、この造りなら。

予想通り初日から2号店には客が押し寄せた。そのほとんどは大学生だったが、本店と掛け持ちする熱烈なファンもいた。

「なんで中華そばと海賊やねん？」

「ぜったいテーマパークやろ」

「みたぁ！　あのひと超イケメン‼」

大翔のもくろみは全て当たった。どの客も中華そばを啜りながら大興奮だった。

大翔はひそかにガッツポーズした。

そこに夢子が近づいてきて、

「大大大成功やな、ひろと」

夢子は大翔のガッツポーズの手を握った。

そのあたたかな手に大翔はキスして、

「夢子とでなきゃ、できないよここまで」

夢子は笑った。

「あんた調子ええな」

「おかげさまで」

皮肉にも聞こえぬほど二人は幸せを噛み締めていた。

2号店の次に待たれる誕生が、夢子と大翔を、来店客以上に気持ち昂らせていたのだ。

2号店開店からひと月経った10月29日。予定より9日早く夢子は出産した。

色白のとても可愛い男の子だった。

出産に立ち会った大翔は誕生の瞬間泣いていた。大翔の涙を見て夢子は泣き笑いした。

なんの仕掛けも造りもない丸はだかの赤ちゃんは、二人の幸福の旗艦店足り得ることだろう。

この男の子に、夢子と大翔は、華夢から1字取り、華伊助《けいすけ》と名をつけた。


「けえすけ、どないした。お乳か？」

夢子はまだ父のこの猫なで声に慣れない。というか身震いする。自分の記憶にこんな甘ったるい父の声は存在しない。

「さっきあげたとこや」

夢子はつっけんどんに言った。

「こない泣いて、おしめかえたったか？」

「さっきかえたとこや」

いちいち孫の些細な行動に口を挟む父に、夢子は軽くもない嫌悪感を抱いていた。

「ほっといてんか。赤ん坊は泣くもんや」

「せやかて、さっきからずっと泣いとるで。どこぞ具合悪いんちゃうか？」

「そない心配なら、おとんが松井さんとこ連れてってんか」

松井さんとは筋違いにある最寄りの小児科である。

「仕事あるさかいな」

これである。このいい加減さに夢子は辟易しているのである。

「ほんなら、けいすけ負ぶって仕事せえや、気になるんやったら」

「あぶないやろが、でけるか」

「面倒見られへんのやったら黙っててくれるか。この子のことはうちがちゃんと見てる。ようも知らんでいちいち指図すな。正直・・・うっとおしいねん」

言ってしまった。

「うっとおしいやと？」

「ああそうや、うっとおしいねん」

「上等やんけ、こら。俺が孫のこと気に掛けたらあかんのか？」

孫という言葉に必要以上の重みを掛けているように思われて、夢子はどうしても違和感を覚えてしまう。言われれば言われる程、血のつながりがないことを勇作が示唆しているようで、素直に勇作の華伊助《けいすけ》に対する溺愛を認められなかった。

その疑いが彼女の忙しい今の暮らしから来ているとは、彼女自身まったく疑うことをしなかったし、華伊助への無遠慮な愛情が目減りしていることに無自覚であった。そこへ来て、父の無遠慮を装う愛情が彼女の気持ちを逆撫でしていたのだ。

要するに、彼女は疲れていたのである。華伊助が生まれてから、育児に追われる毎日に。

「もう、ほっといてんか。おとんには関わって欲しないねん」

そうとも知らず、勇作は孫に関わるなと言われ激高した。

「なんやとわれ！　ようゆうたな！　出てけ！　いますぐ出てけ！」

負けじと夢子も、

「出てったるわ！　二度と帰って来るか、ぼけ」

さてもさても、この親子は孫ができようが、いつまで経っても変わらぬ似た者親子である。

夢子は華伊助を抱いて家を飛び出した。

駅を通り越して線路沿いにH大学の方角へ歩いて行く。向かう先は華夢2号店。夫がそこにいる。

啖呵切って家を出たものの、夢子は鼻っから家出のつもりなどない。しばらくは父の顔を見たくなかっただけである。

大学の昼休みになると、2号店に客が溢れかえる。学食に飽きた学生たちは強い個性の味とユニークな店構えに許す限り長い列を作る。この時間、夢子は手伝いに行く。育児に専念できぬほどに店は忙しかった。

店の奥の控え室に置いたベビーベッド。そこにむずかる華伊助を放り込み、合間合間に母乳を飲ませに行ったり、おむつを換えたり、抱いてあやしたりした。店のスタッフも華伊助を代わる代わるあやして遊んでくれた。

これだから夢子はここに来られた。実家で一人、育児に没頭するなんてごめんだ。忙しくても夢子は仕事と育児と主婦業を自分の生活に溶け込ませようと努力した。その行動の蔭に、未だ後ろめたさが残る過去の秘匿が関わっていなかったといえば嘘になる。

そうしたことが繰り返されていく毎日、彼女は確かに疲れていた。

が、それを認めたがらず、結果、些細なことに苛つく自分を制御できなくなっていた。元来そういった父親譲りの癖はあったかもしれぬ。或いは幸せがすぎたのかもしれぬ。

客足が少し鈍る午後5時すぎ、夢子は一足先に店を出る。帰りに駅近くのスーパー万代で夕飯の食材を買い、商店街の店先で顔馴染と立ち話をし（専ら話題は育児に集中したが）、話し込み過ぎ、華伊助がぐずってから「ごめんな」と慌てて駆け戻る場面も屡々《しばしば》だった。

午後7時半、夢子は華伊助を連れていつもと変わらず実家に戻って来た。今朝あった一件などきれいさっぱり忘れて。

勇作はというと、華伊助の顔を見るなり、緩め切った相好で出迎え、

「おお、けえすけ、お帰りや。さ、おいでこっちおいで」

エプロン姿のまま孫を夢子から奪い取った。こちらも今朝の揉め事などひとかけらも覚えていない様子だった。

朝は「うっとおしい」とまで父を罵倒した娘も、そんなことどこ吹く風で、じじいになった父の姿をいつの間にやら微笑んで眺めた。

さてもこうした相馬家の暮らしが、実は最も安寧だったのかもしれない。

そして、年が明け、夢子と大翔の婚儀が待っていた。

那賀塚家と相馬家のケジメの式は、1月29日に近親者のみで挙行されることになっていた。その日は華伊助が生まれて丁度3ヶ月になる。

赤ん坊を抱いての結婚式もいまや偶《たま》さかではなくなってきているが、さすがに首が座ってからでないと連れて行けないだろうということで生後3ヶ月を彼等は頃合いと定めていたのである。

ところが華伊助は首が座るどころか、3ヶ月を待たず寝返りができてしまった。

「来月歩き出すんとちゃうか？」

喜色を湛え、勇作は華伊助の柔らかな足《あんよ》を優しく包み込んだ。

「そないに早よう歩かれたら困るわ。うちの目が届かん」

顔を歪めながらも、夢子は二人の長閑《のどか》な戯れに優しい眼差しを注いだ。

式場はアンジュ・デ・ラヴィ。市街から少し外れた洋風の美しい庭園と黐《もち》の大樹に囲まれた洒落た式場。

そこを選んだのは夢子だった。父とバージンロードを歩きたい、それが彼女がここを選んだ理由だった。

「俺にゴキブリの恰好せえゆうんか？」

勇作にとっては、尾の長いモーニング姿はゴキブリに見えるようだ。そう言いながらも態度に拒絶はない。どころか嬉しそうであったりする。

式当日は本店も2号店も閉めようと耕平が言うにも関わらず、勇作は、

「あかんあかん。本店も開けへんやなんて、おまえ、そないなことしたら大事なお客さんに逃げられるで。俺がぎりぎりまで拵える。4時までに行きゃあええんやろ」

自分は後から追いかけると言うのである。確かに式の開始は午後4時からだったが、親族はその2時

間前には控え室に入っていなければいけない。

「なにゆうてんねん。新婦の父親が、そんな時間に来てどないすんねん。こんな日ぐらい営業せんかてかまへんやろが」

耕平は猛反対したが、勇作は頑として譲らなかった。

「2時半ラストオーダーにして、3時すぎに店出たら間に合う。あそこまでバイクで20分や。問題あらへん」

「せやからそんなぎりぎりはあかんゆうてるやろ。事前打ち合わせやらなんやらあるんやで。おやじは姉貴と歩く練習もしとかなあかんやろし。第一、大翔さんとこに失礼やないか。遅刻してくるやなんて」

いまにも父を張り倒さんばかりの勢いであった。

するとどうであるか、いつもは激しく父とぶつかる夢子が、我が事ながらも寛容だった。

「かまへんやないか。おとんの好きにさせたれや」

しかし耕平は納得しない。

「あほなことゆうな姉貴、あんたの祝いの場やで。だけやない、相馬家の恥や。こないなこと許したらあかん」

「ゆうて聞くひとやないこと、知ってるやろ。うちはかまへん。バージンロード歩く時までに横に居《お》ってくれたら。そんでかまへんねや」

極《きま》りの悪い想いを勇作は覚えたが、訂正することをこの男は知らなかった。

1月29日。

快晴ではあるが、午前の気温は氷点下まで下がった。冷気には切り裂くような澄明さと硬さが交錯していた。

「ほな、さき行くで。ゆうとくけどくれぐれも姉貴に恥じかかせなや」

出る間際、白い息を吐き出しながら耕平は勇作に念を押した。コートの裾に溶けかけた霜が筋状に付着していた。

この期に及んでまだ店を開ける準備をしている勇作に、耕平は腹立たしさを覚えたが、姉の以前の一言でその感情を噛み殺した。

「何度もゆうな、わかっとる、わかっとるわい」

勇作のこのぶっきら棒な態度に彼流の照れがあることを耕平は見抜いていたが、にしてもここは廉直に家族と溶込めばいいのである。それができぬ父に、耕平は憤りと哀れみを混ぜ合わせたような処理に困る感情を抱いた。どこか自分にも似た部分があることを打ち消せなかったから余計である。

その日の客の入りは比較的落ち着いていた。

2号店を出店してから4ヶ月。客の分散効果とフィーバーの陰りは確かにあった。そろそろ華夢の味にも客は飽きを覚えだしていた。

昼時には列を成すが、それも一時の過熱ぶりは収まり5分も並べば席に着けた。

だから、この日も勇作一人でどうにか来店人数分を供せた。一番繁盛する昼時も少し客を待たせたものの、後が支えるほどではなかった。2時前には空席を作るほどに落ち着いてきた。

午後2時半、咲羽が表に本日閉店のプレートを掲げてくれた。

莉依紗が店内の客にラストオーダーを告げた。全ては予定通りだった。

勇作はエプロンと頭に巻いたタオルを外し仕事の装いを解いた。そして、咲羽と莉依紗に、

「おおきに、今日はここまでや」

と言うと、咲羽が口を尖らせ、

「ほんま、うちらも参加したかったわあ、夢の結婚式」

不満を口にした。

勇作は頭を掻いて、

「えらいすまんこってな、身内だけでどうしてもやるって二人が決めたよって」

「うちらも身内みたいなもんですやん」

咲羽は莉依紗に同意を求めた。莉依紗も大袈裟に首を縦に振った。

「あ、いやそのとおりや、まったく。ほんま堪忍な。後日必ず店のもん入れて祝いの会するさかい、堪

忍してやで、堪忍」

身内よりスタッフのほうに勇作は気を使っていた。

二人を帰した後、勇作は店のシャッターを降ろした。そして、誰もいない暗く冷えきった家に明かりを点し、階段下のクローゼットを緊張した面持ちで開いた。そこには夢子が貸衣装屋から借りて来てくれたモーニング一式が置いてある。ハンガーに手を掛け勇作は独りごちた。

「どれ、ゴキブリ、どないなもんかいな？」

鼻歌まじりにモーニングに袖を通し、洗面所まで行って鏡に自分の姿を映し、そこでまた独りごちた。

「馬子《まご》にも衣装やな。お、まごやなんて不束《ふつつか》やった。こいつは爺《じい》や、爺《じい》にも衣装や」

自嘲ぎみに薄笑いを泛かべた。こんなぼけた駄洒落を言えるほど勇作は上機嫌だったのだ。

「待ってろや、夢、けえすけ。いま行くで」

慣れない手付きでネクタイをぎゅっと締めた。強く締めすぎて咳き込んだ。

楽しみにしていたのである。

誰よりも、勇作は娘の結婚式を。それを下手な意味を為さぬ猿芝居で懸命に隠していたのである。

店を開けたのも、「俺は仕事のほうが大事なんじゃ」という下らぬ見栄からである。それを夢子も耕平もわかっていたが、言い出したら聞かぬ父を仕舞いには放うて置いたのである。

勇作は急ぎアンジュ・デ・ラヴィに向かった。

演出しておきながらも晴れ舞台の幕が上がる時に遅れる訳にはいかぬ。モーニング姿で50ccバイクに股がった。それはかつて出前用に使っていた荷台付き二輪だったが、いまは誰も乗る者がいなかった。配達せずとも客が来てくれるからである。心配していたがエンジンはすぐにかかった。久しぶりに握るハンドルの感触に勇作は、

「運ぶもんないと気楽でええな」

商品に挿げ替えているが要するに娘の結婚式に向かう高揚を抑えきれなかったのである。

那賀塚家、相馬家の両家は2時にすでに集まっている。

勇作が店を出たのが3時10分。

ゆっくり走らせても3時半には着く距離だった。それならまだ夢子とバージンロードを歩く練習はできる。勇作の頭の中にもそのイメージが膨らんだ。

3時25分。着け慣れない銀の腕時計も勇作の焦りを引っ張り出した。3時半までに到着するつもりでいた彼は焦りを覚え始めていた。

赤信号で止められた歩車分離型交差点。待ち時間が常より長く感じられた。側方が黄色に変わったのを見て、勇作は青になる秒数の時間を見切った。回したアクセルは正面信号が青になるよりコンマ数秒程早かった。

彼のバイクが交差点に躍り出た時、脇から乗用車が猛スピードで交差点に侵入して来た。乗用車の含み時間は交差点の数十メートル手前での黄色の時間の残りだった。そこに両者の時間に交錯を生み出し物質の衝突が起きた。

勇作はバイクごと交差点を超えて反対側の歩道まで飛ばされた。地面が頭上に見えたので、「ああ、俺浮いとんな」と認識できた。

降りていくコマ送りのようなゆっくりとゆっくりとした時間、勇作はどうせならこのまま式場まで飛ばしてくれないかと願った。

いつ降りたのかわからない。だが、自分の身体がバイクから分離しているのはわかった。なぜなら、配達用バイクの荷台が大きくひん曲がって遠くに投げ出されている。バイクの車輪もぐにゃりと曲がって横を向いて喘《あえ》いでいる。

地面の冷たさが頬に染みて伝わる。晴れ渡る空には一辺の雲もなかった。

（ええ日和や。これなにびよりゆうんや？）

勇作の元に駆け寄る複数の足音。

「救急車！　救急車呼べ！　動かすな！　動かしたらあかんぞ！」

（なんや、騒がしいのう・・・）

「ＡＥＤあるか！」

（待てよ、俺、どこかにいかなあかんかったな、どこやっけ？）

思い出せずにいたところ、不意に目をやった自分の膝らしき部分がばっくり割れている。その赤く滲んだ元々は光沢のある黒服に勇作は見覚えがあった。

（あかん、借りもんのゴキブリ汚してもうた）

夢子のぶち切れる顔が思い出された。

（あいつまた怒るやろな・・・。中華そばぎょうさん拵《こさ》えて新品返さなあかんな）

その直後、空が赤く染まりだした。

（もう夕方、かいな？）

思い出した。

（せや、俺、夢子の、夢の結婚式行かなあかんのや。こうしちゃおれん）

力を注ごうとしたが体のどこも自分の意思は届いていないようだった。

次第に薄れゆく白濁した意識の中、勇作は真っ赤に染まる夕焼けの景色を瞼に収めながら、呟いた。

（夢、遅れそうや、すまん）

＊＊＊

山桜に蝉の群れが喧しく啼いている。その合唱に震える大気に潜んだ蒸気も泪《なみだ》も、雄々しい入道雲が吸い上げて天高く垂れ籠めている。

夢子は1枚の写真を眺めている。この頃、誰もがインスタ映えなどと言って見栄えの良い写真を競ってアップロードしたものだった。夢子もこの貴重な写真を家族だけのグループＬＩＮＥに投稿していた。

そこには満1歳になる華伊助を、車いすの膝の上で抱く勇作の笑顔があった。夢子は父のこの表情がとても好きだった。

蝉の声が一際大きくなった。入道雲を背後に、バケツと箒《ほうき》を両手に耕平が近づいて来る。

「あっ、こうへー！」

夢子の手をすり抜けて華伊助は耕平の元へ飛んで行く。左手には虫捕り網を持って。

「おお、けえすけ。久しぶりやな」

耕平はバケツと箒を足下に降ろして華伊助を抱き上げた。

「おっも～　でかなっとるんやな」

片腕で華伊助を抱えてもう片方の手で彼の頬を摘んだ。

「いくつになった？」

「これ」

華伊助は不慣れな指のたたみ方で人差し指、中指、薬指を立てた。

「そうか、もういっちょまえやな」

耕平は華伊助のさらさらの髪をぐしゃぐしゃに掻き撫でた。

「遅かったやん」

夢子が言った。

「さっき着いたとこや。昨晩千葉を出て休憩なしの11時間。ほんまは違法なんやけどな。会社に無理ゆうて大阪の荷まわしてもろたんやで。帰省費浮かすためにな。物流業界の働き方改革とかゆうとるけど、あんなん中小には関係あらへんし」

真っ黒に日焼けした顔をわずかに顰めた。

「ご苦労さん。トラック乗りも大変やな。中華そば屋のほうがよかったんとちゃうか？」

「そらそうや。細《こま》あても経営者やったからな」

「戻るか？」

悪戯《いたずら》っぽい目で夢子は唆《けしか》けた。

「それはでけん。おやじの遺言やさかい」

「やな。頑固者のくせに、息子たちには違う道行かせたかったんや。それならはじめから屋号なんてくれんかったらよかったのに」

「全部は捨てられんかったんやろ、あの時は」

夢子は目だけで頷いた。そして名残惜しそうに呟いた。

「暖簾《のれん》降ろして勤め人なってくれとはな」

「そないなことゆうとったな」

「ちょいもったいない気もしたんや。まだ売れてたさかい」

頭《かぶり》を振って耕平は呟く。

「いや、あのまま続けとっても売れんようになったって。おやじは骨身に沁みてわかっとったんや、商売の流行り廃りを」

「うん」

「覚えてるやろ、姉貴が大学行くゆうた時、俺が高校辞めるゆうた時、おやじが血相変えてたの」

「覚えとる。どつきあいになった。もっとどついたったらよかった」

耕平が笑う。

「中華そば屋では家族は養えん。それをおやじは孫にまで味わせたくなかったんやろ。せやから逝く前に降ろせゆうたんや」

夢子は病床でそれを口にした時の勇作の痩せて血の気のない顔を思い浮べていた。

囁くほどの力しか残っていなかった父の口元に耳を近づけて遺言になろうその言葉を耕平と大翔の3人でしっかりと聞いた。

「ほんで、大翔さんのほうはどないなん？」

明るい話題に夢子の声の調子《トーン》が上がる。

「来月、マレーシアに行くんや。日本に来て資格取れそうな若もん集めてくるんやって」

「成長産業やからな。まだまだ外からひと呼んでこなあかんねやろ、介護は」

「せやねん」

「大翔さん才覚ある人やから、ぜったい成功しはるわ」

「そう願ごとる。おとんも応援してや」

夢子は父の墓前に手を合わせた。

「あれから3年か・・・」

耕平が呟く。

「車にはぶつかっても生きとったくせに、胃癌ごときで逝くとはな。らしいない」

「死ぬまで、うちとバージンロード歩きたかったたってぼやいてはったわ」

「ひとのゆうこと聞かんからや」

「あれがうちらのおとんやないか」

それは二人にとって、父を総括する合言葉みたいだった。

「見てみ、このほうけたツラ。孫にはこんなええ顔しよんやで」

膝の上に孫を抱く勇作の表情は夢子と耕平が見たことなかった柔和な顔をしている。

耕平が写真を覗き込もうとした矢先、華伊助が叔父の袖を引っ張る。

「こうへー、セミつかまえよ！」

耕平は小さな甥っ子に、父の面影を見た気がした。この小さきものと亡父に血縁上の繋がりがないなど知る由もなく。

「よっしゃあ、つかまえっか！」

耕平は華伊助をひょいと肩車して駆け出した。

夢子は笑って二人の影法師を追った。

石の下からは彼らの紐帯《ちゅうたい》が不機嫌そうに覗いていた。

彼らの分かれ目の四つ辻、勇作が通った道、夢子と大翔のゆく道、耕平のゆく道、そして華夢と歩んだ道は遠く後ろにあった。

太った入道雲めがけて蝉が四散する。雲と同じばかりに真っ白な網が覚束なくそれを追う。

それは夏の墓参り、ほんのひと時、昼下がり。

思い出は暫し彼らの脳裏にぽっかり空いたピースを埋める。

「おとん、な、おとん。うちおとんの娘でよかったで。うちこないに幸せやさかい。心配せんとってな、おとん」

気怠い夏の光景が、彼女の瞳に潤んで映じていた。

＜この物語はフィクションです。実在の人物や団体などとは関係ありません＞

水無月はたち
大阪下町生まれ。Ｚ世代に対抗心燃やす東京五輪２度知る世代。
優しい奥様と独立独歩した我が子たちだけが自慢。
著書に『戦力外からのリアル三刀流』（つむぎ書房）、『空飛ぶクルマのその先へ　沈む自動車業界盟主と捨てられた町工場の対決』（つむぎ書房）がある。

ガチの親子ゲンカやさかい

2024年7月22日　　第1刷発行

著　者――― 水無月はたち
発　行――― つむぎ書房
〒103-0023　東京都中央区日本橋本町 2-3-15
https://tsumugi-shobo.com/
電話／ 03-6281-9874
発　売――― 星雲社（共同出版社・流通責任出版社）
〒112-0005　東京都文京区水道 1-3-30
電話／ 03-3868-3275

ISBN 978-4-434-34092-5